Hannes Meier wurde in Zürich geboren. Nach Studien in Athen und Zürich (Archäologie, Germanistik) und dem Diplom an der Hochschule für Fernsehen und Film in München (HFF) arbeitete er als Regisseur, Journalist und Drehbuchautor.

Dieser Roman ist sein zweites Buch nach dem Debütroman
Annas Chronik und der Krieg der zu kurz Gekommenen.

ISBN 978-3-7418-5746-1

ISBN 978-3-943810-31-8

Copyright © 2021, VoG Verlag ohne Geld e.K.
Registergericht München HRA 99261
www.verlagohnegeld.de
Gesamtgestaltung: Heinz Weih
Lektorat: Elke Zimmer
Umschlagbild: Varvara Gorbash, *Italienische Landschaft*
Lizensiert über 123RF.com, Dateinummer 78540171

Hannes Meier

Taxi nach Verona

Roman

Personen und Handlung sind frei erfunden

Am Ende

Dass sie ihm den Blumenstrauß um die Ohren hauen wird, ist nicht auszuschließen. Aber was sollte er sonst tun? Es ist ihr 75. Geburtstag.

Emanuel, 38, beginnende Wampe, Kahlschnittfrisur, Jeans und Schlabberpulli, wickelt einen Herbststrauß aus dem Papier, entsorgt die Verpackung auf dem Servicewagen, der vollbeladen mit benutztem Geschirr neben ihrer Türe steht, und klopft.

»Bitte!«, schallt es energisch von innen.

Frau Rehrl liegt mit einem Hauch Blau auf der Dauerwelle (haben sie in der Reha jetzt einen Friseur?) im Jogginganzug auf dem Bett, das linke Bein auf einen rosa Schaumstoffwürfel hochgelagert.

Der Anblick verblüfft Emanuel. Im Büro trug sie stets einen seriösen Hosenanzug à la Merkel, darüber einen weißen Arbeitsmantel, wegen des Abriebs des Radiergummis an der Dispowand, wo alle Touren mit Bleistift eingetragen und oft wieder geändert wurden.

Frau Rehrl taxiert Emanuels vollschlanke Erscheinung mit ihrem kühlen Kontrollblick („Wolltest du nicht abnehmen?"). Laut sagt sie aber nur: »Mei, du bist's.«

Mit vorgehaltenem Strauß tritt er näher und haucht einen Luftkuss auf ihre Wange. Mehr ist auch nicht drin, weil sie sofort zurückzuckt.

»Alles Gute zum Geburtstag, Mutter!«

Oben an der Wand lärmt eine Quizshow mit Pilawa auf dem Flachbildschirm. Ihre Hörgeräte liegen natürlich unbenutzt auf dem Nachttisch.

Emanuel nimmt die Fernbedienung und schreit: »Darf ich ein bisschen leiser machen?«

Sie zuckt die Schultern und mustert den Blumenstrauß.

»Des hätts aber ned braucht. Morgen sans eh verwelkt.«

Er verzieht das Gesicht. Schon als Kind hat er ihren banalen Sparsinn gehasst. Er holt einen Stapel Briefe aus seiner Umhängetasche.

»Ich habe dir die Post mitgebracht.«

Zuoberst die Werbung, dann die Rechnungen, die sie sowieso nicht mehr bezahlen kann, und ganz unten der eingeschriebene Brief vom Amtsgericht. Natürlich greift sie zielsicher zuerst nach diesem.

»Ich kümmere mich dann mal um eine Vase«, sagt er, um sich rechtzeitig aus der Schusslinie zu bringen. Er nimmt sich vor, etwas länger zu brauchen. Als ob das viel ändern würde. Schuld ist sowieso er.

Mutters Unglück hatte damit begonnen, dass sie einem vergesslichen Fahrer mit den Frachtpapieren nachlief und sich auf dem vereisten Ladehof die Hüfte brach. Ihre wochenlange Abwesenheit infolge des schlecht heilenden Oberschenkelhalses brachte in der Firma 'Rehrl Logistics' eine Reihe von Unregelmäßigkeiten zutage und hatte fatale Konsequenzen: Geplatzte Bankkredite, ausstehende Löhne und Sozialabgaben, eine verschleppte Insolvenz und, und, und. Kurz: Mutters Spedition war pleite, und Emanuel, dem Sohn und einzigen Familienangehörigen, war nichts anderes übriggeblieben, als sich zu kümmern. Obwohl er sich geschworen hatte, nie wieder einen Fuß in den mütterlichen Betrieb zu setzen.

Natürlich sieht Mutter das genau andersrum: „Wärst du von Anfang an dabeigeblieben, hättest gemacht, was gemacht werden musste, wäre alles ganz anders gelaufen.«

Hätte, wäre, könnte. Mutters bewährtes Credo, basierend auf einem selbstgerechten Konjunktiv, der die Dinge so lange biegt und wendet, bis alles Mögliche schuld ist, nur nicht sie.

Als Emanuel nach einer Viertelstunde mit dem Strauß und einer viel zu kleinen Vase zurückkommt, liegt Frau Rehrl mit geschlossenen Augen da. Ihre Hände mit dem Brief des Amtsgerichts hat sie auf den Bauch sinken lassen.

»Das war die letzte Vase«, sagt Emanuel. »Die Schwester wird sie austauschen, sobald eine passende frei ist.«

Frau Rehrl öffnet die Augen und sieht ihn verständnislos an. Er ignoriert es und stellte die Vase auf den Nachttisch. Der Strauß kippt sofort. Er fängt ihn auf und lehnt ihn gegen die Wand.

»Am besten, du rührst ihn nicht an, bis die richtige Vase da ist.«

Frau Rehrl setzt sich auf.

»Red koan Schmarrn und hilf mir.«

Emanuel hebt ihr das Bein vom Schaumstoffwürfel, sie stößt gegen den Nachttisch, der Blumenstrauß kippt erneut. Diesmal ganz. Emanuel wischt die Wasserpfütze mit Papiertüchern auf und stellt die Vase auf das Fensterbrett.

»Ich sagte doch gerade ...«

»Hol mir bitt'schön mei Reisetaschen.«

»Wieso?«

»Wir geh'n.«

Verblüfft sieht Emanuel seine Mutter an.

»Wohin?«

»Nach Hause natürlich.«

»Mutter! Du musst noch mindestens zwei Wochen hierbleiben!«

»Ich muss gar nix.«

Frau Rehrl steht mühsam auf, nimmt ihre violetten Krücken aus den Halterungen am Bett und hinkt zum Schrank. Emanuel verschränkt seine Arme, gleichsam als Prellbock gegen ihr Ansinnen und sieht grimmig zu, wie sie mühsam packt. Ohne zu helfen.

»Du hast es ganz genau gewusst, Emanuel, dass morgen die Frau Dings kommt.«

»Du meinst die Frau Winkelmann, die Insolvenzverwalterin?«

»Genau die.«

Emanuel gibt sich unbeeindruckt.

»Ja und? Es geht alles seinen juristischen Gang. Dr. Ammer kümmert sich.«

»Aha, der. Und was ist mit dir?«

Sie holt ihre Wäsche aus dem Schrank. Er wusste gar nicht, dass sie schwarze Wäsche von Lascana trägt. Aber wieso eigentlich nicht?

Emanuel macht einen neuen Anlauf: »Du weißt schon Mutter, dass du die ganze Reha selber bezahlst, wenn du jetzt abhaust.«

»Da drauf kommt's a nimmer o.«

Frau Rehrl faltet ihren Bademantel zusammen.

»Was bleibt mir anderes übrig, als dass i mi selber kümmer'? Dir ist unsere Firma ja eh wurscht.«

Emanuel dreht sich zum Fenster, als gäbe es auf der leeren Zufahrt etwas Spannenderes zu beobachten als eine 75-jährige, die wieder einmal Amok gegen sich selbst läuft.

»Warten hätte er wenigstens können, bis i wieder im Büro bin, der Ammer!«

»Das konnte er nicht. Es gibt Gesetze. Besser, du hättest vorher auf ihn gehört.«

»Geh! I verkauf ned.«

Emanuel verdreht die Augen.

Frau Rehrl hat inzwischen alles in der Tasche und schließt den Reißverschluss.

»Wenn du so freundlich wärst und mir bitte einen Rollstuhl holst«, sagt sie, wie immer in dezidiertem Hochdeutsch, wenn sie ihrer Aussage Nachdruck verleihen will.

»Du musst erst zur Verwaltung. Aber ich weiß nicht, ob da noch jemand ist.«

»Wieso? Die können mir d' Rechnung a mit der Post schick'n.«

Emanuel lacht ironisch.

Wenn nur alles so einfach wäre.

Fünf Minuten später kommt er mit einem Rollstuhl und der zeternden Pflegeleiterin zurück, die vergeblich versucht, die stoisch schweigende Frau Rehrl von ihrem Vorhaben abzubringen.

Als Emanuel seine Mutter nach einigem Hin und Her endlich über den Parkplatz schiebt, fallen ihm die früheren Eskimos ein. Die hatten ihre Alten einfach auf eine Scholle gesetzt und ins Packeis treiben lassen, wenn es soweit war. Nicht alles war früher schlechter.

Emanuel fährt seine Mutter in seinem alten Volvo-Kombi Richtung Oberbayern. Ein öder Landregen rinnt in dicken Tropfen über die Seitenscheiben und lässt die abgeernteten Felder im Grau versinken. Beide schweigen. Was gibt es noch zu reden? Sie macht ja sowieso was sie will. Hauptsache mit dem Kopf durch die Wand. Sicher – ohne ihre Hartnäckigkeit hätte sie es nie so weit gebracht. Er war drei, als sein Vater starb und sie das Fuhrgeschäft übernahm, das damals aus zwei klapprigen Lastwagen bestand. Mit eiserner Hand hatte sie die Firma zur mittelständischen Spedition mit über fünfzig Beschäftigten und zwei Dutzend Sattelschleppern ausgebaut. Jahrelang brummte der Laden, besonders das Import-Exportgeschäft mit Italien. Von Vorteil erwies sich dabei ihr Interesse für Land und Leute und dass sie schon in der Realschule Italienisch gelernt hatte. Aber später ging es bergab. Die Konkurrenz wurde härter, osteuropäische Dumping-Carrier eroberten den Markt, wichtige Kunden gaben auf oder sprangen ab. Sie selbst wurde immer älter, aber nicht flexibler. Ihre Zielstrebigkeit wurde zur Sturheit. Und jetzt, wo sie pleite ist, ignoriert sie einfach alles, was ihr nicht in den Kram passt. Oder gibt anderen die Schuld. Vor allem natürlich ihm.

Warum zieht er eigentlich jedes Mal den Schwanz ein?

An einer Ausfahrt biegt Emanuel in das Gewerbegebiet ab. Ob sie überhaupt etwas zum Essen im Haus habe, fragt er. Sie wird sich etwas liefern lassen. Wie sie das schon bisher gemacht hat. Für sich allein lohne es sich ja nicht zu kochen. Emanuel überhört die Spitze.

»Bestell dir doch eine Pizza von Giuseppe. Macht er immer noch die beste Capricciosa im Umkreis von 20 Kilometern?«

Der Giuseppe sei längst nach ähm … Sizilien zurückgekehrt, belehrt sie ihn trocken. »Der kam doch aus Apulien«, wendet Emanuel ein.

»Ist doch wurscht. Jedenfalls ist er zurück nach Italien.«

Schade, meint Emanuel. An Giuseppes Pizzen habe er sich damals bis zum Platzen vollgefressen.

»Ja, damals hast' es dir ja noch leisten kenna. Spargel haben sie dich genannt.«

Emanuel ignoriert die Anspielung auf sein Übergewicht.

»Und die Kneipe gibt's nicht mehr?«

»Nein. Giuseppe war schon siebzig und hat verkauft.«

»Arrivederci Kirchdorf! Siehst du! Einer, der den Absprung rechtzeitig geschafft hat!«

Frau Rehrl korrigiert: »Nein. Einer der aufgeben musste, weil keine Kinder da waren, um das Geschäft weiterzuführen.«

Emanuel lässt sich zu der Bemerkung hinreißen: »Selbst, wenn: Nicht jedes Kind träumt davon, Pizzabäcker zu werden.«

Frau Rehrl pariert gereizt: »Nicht jedes Kind verschmäht ein gemachtes Nest.«

Emanuel verdreht die Augen.

»Ich sag nur, wie's is!«, tritt Frau Rehrl überflüssigerweise noch nach.

Zum Glück sind sie da. Er bremst und lenkt den Volvo durch eine breite Einfahrt, neben der ein großes Schild: 'REHRL LOGISTICS - Angelika Rehrl Internationale Spedition' vor sich hin rostet. Ein Lagergebäude taucht auf. Alles verriegelt und verrammelt. An der Laderampe reihen sich stillgelegte Sattelschlepper wie verendete Saurier an einem tropischen Saumriff nach dem großen Meteoriteneinschlag. Eine Katze nimmt Reißaus und verschwindet in einem überbordenden Müllcontainer. Zusammengewehte Laubhaufen quer durch den Hof lassen vermuten, dass hier seit geraumer Zeit kein Güterumschlag mehr stattgefunden hat. Frau Rehrls Blick fällt auf ein frischgesprühtes Graffiti am eingeschossigen Büropavillon: „Lieber Schamlippen küssen, als sich lahm schippen müssen." Emanuel lacht.

»Schmierfinken, elendige!«, schimpft Frau Rehrl.

Ein paar Kastanien begrenzen das Speditionsgelände, dahinter taucht eine alte, von wildem Wein überwucherte Jugendstilvilla auf. Emanuel fährt in die gekieste Einfahrt und parkt vor der Haustüre mit bunten Glasfenstern und schmiedeeisernem Gitter. Er hängt sich die Reisetasche über die Schulter und reicht Mutter die Krücken. Sie stakst schwerfällig zum Haus.

»Stell mir die Tasche in den Flur, bittschön.«

Emanuel tut es und hält ihr die Türe auf.

»Du bist sicher, dass du alleine zurechtkommst?«

Sie sieht ihn spöttisch an.

»Nett, dass Du dir Sorgen machst, das muss ich schon eine ganze Weile.«

Emanuel verzieht keine Miene.

»Aber nicht mit einer kaputten Hüfte. Wenn was ist, ruf mich bitte an.«

»Danke. Aber des brauchts ned. Und jetzt mach, dass d' weiterkemmst.«

Sie macht ihm die Tür vor der Nase zu. Emanuel bleibt einen Moment verdutzt stehen. Dann steigt er ins Auto und lässt den Kies wegspritzen.

Das Zippo

Frau Rehrl schleppt sich durch den geräumigen Flur. Das Interieur lässt einen Hang zur Gemütlichkeit von vorgestern erkennen: Möbel und Lampen aus Gründerzeit und Jugendstil, auch wenn's nicht immer echte Antiquitäten sind.

Sie steuert auf eine massive Garderobe zu, an der, signalrot wie ein ausgeblutetes Tier, ihr wattierter Arbeitsmantel mit der Aufschrift 'REHRL LOGISTICS Management' hängt.

Die Garderobe hatte Hans ihr zur Hochzeit geschenkt, weil sie sie an den zweiflügeligen Marienaltar in der Dorfkirche ihrer Kindheit erinnerte. Damals war das monströse Möbel noch ein teures Stück – heute würde man für den Krempel auf eBay bestimmt keine fünfzig Euro mehr kriegen.

Auf dem geschliffenen Spiegel klebt fett der Kuckuck des Gerichtsvollziehers.

Frau Rehrl lacht. Herr Fischler von der Bank kommt ihr in den Sinn: alerte 35, kahlrasierter Schädel, randlose Designerbrille, messerscharfe Bügelfalten und immer einen Tick zu viel von diesem aufdringlichen Aftershave. Wahrscheinlich wird er für das Ding noch draufzahlen müssen, falls der Sperrmüll dafür überhaupt anfährt. Ein schwacher Trost für die erlittenen Demütigungen, aber es amüsiert sie doch.

Seit Fischler den soliden Ossinger als Filialleiter abgelöst hat, weht ein anderer Wind in der örtlichen Bankfiliale: Investmentbanking statt Finanzierung von einheimischem Gewerbe. Jedenfalls behandelte er sie, die einzige mittelständische Unternehmerin am Ort, als alte Schachtel jenseits von

Business und Bonität, der man keine Kredite mehr verlängert. Stattdessen schlug er vor, ihre Spedition zu liquidieren und das Gelände an ein Konsortium zu verkaufen, das ein neues Einkaufszentrum plant und dafür 'händeringend' nach einem geeigneten Baugrund sucht.

Natürlich verschwieg er, dass 'seine' Bank bei dem Projekt dicke mit drin hängt und ihm der Engpass der 'Rehrl Logistics' wie ein Geschenk des Himmels daherkam.

„Verkaufen Sie, und gönnen Sie sich einen sonnigen Lebensabend, Frau Rehrl, Sie haben doch weiß Gott genug geackert. Von dem, was Ihnen die 'City Shopping' bietet, können Sie sich jede Villa auf Mallorca leisten."

Es hätte für Fischler in der Tat ein gutes Investment werden können. Wurde es aber erst mal nicht, weil Frau Rehrl sich querlegte und alles aufkündigte, was sie seit Jahrzehnten mit dieser Bank verband: Geschäfts- und Festgeldkonten, Wertpapierdepots, Sparbücher, alles.

Dr. Amman, ihr Steuer- und Finanzberater, war sprachlos gewesen. Die Spedition brachte in den letzten Jahren nur noch Verluste, der Fuhrpark war veraltet, ein wichtiger Großkunde war vor kurzem abgesprungen. Und jetzt noch 800.000 Euro Kreditrückzahlungen. Woher das Geld nehmen, wenn sie nicht verkaufen will? Amman beschwörte Frau Rehrl wieder einmal vergeblich, endlich die Firma in eine GmbH umzuwandeln, sich finanzstarke Partner zu suchen. Sonst stünde am Ende auch noch ihr privates Vermögen zur Disposition.

Doch sie blieb wie immer stur. Wo 'Rehrl' draufstehe, müsse auch 'Rehrl' drin sein. Da habe sie das Sagen und sonst gar keiner. Dann ging das Geschäft endgültig in die Knie. Löhne und Sozialabgaben konnten nicht mehr bezahlt werden. Die Bank als Hauptgläubiger beantragte Insolvenz und zeigte Frau Rehrl wegen Insolvenzverschleppung an.

Eine vorläufige Insolvenzverwalterin leitete die Zwangsversteigerung ein. Natürlich als die störrische Alte noch in der Klinik lag.

Frau Rehrl grinst. Aber da hat man eine Rechnung ohne die Wirtin gemacht.

Mit dem gesunden Bein angelt sie an der Garderobe nach ihren Hausschuhen. Ein heftiger Schmerz durchzuckt sie. Verdammt, warum hat sie keine Schmerzmittel mitgenommen?

Sie quält sich hoch, im Bad findet sie Aspirin, spült es mit einem Zahnbecher voll Wasser runter. Aus dem Spiegel sieht ihr ein altes Weib entgegen, graues Gesicht, graue Strähnen, erloschene Augen, Schweiß auf der faltigen Stirn. Was ist aus ihr geworden? Sie macht das Licht aus, schleppt sich ins Arbeitszimmer.

Auch hier herrscht der Kuckuck, klebt an dem schweren Besprechungstisch, an den acht ledergepolsterten Stühlen, an der Chaiselongue, die sie – lang, lang ist's her - auf einer Auktion ersteigert hatte, als die Firma noch schwarze Zahlen schrieb und betriebliche Investitionen ein Gebot der Steuerreduzierung waren. Über der Chaiselongue hängt ein Ölgemälde aus dem 19. Jahrhundert. Es zeigt einen Gebirgssee, Kühe waten im seichten Uferwasser, dahinter braut sich in den Bergen ein Gewitter zusammen. Eine Reminiszenz an ihre Kindheit auf dem Berghof. Erst jetzt bemerkt Frau Rehrl einen kleinen Zettel, der neben dem 'Kuckuck' am Bilderrahmen klebt: 'Ein Kobell? Achtung! Evtl. hochpreisig! Abklären! Gez. Dr. Ammer'.

Frau Rehrl zerknüllt den Zettel. „Depp, damischer!"

Sie hängt das Gemälde ab. Dahinter befindet sich ein kleiner Tresor in der Wand. Sie versucht ihn mit dem Zahlencode zu öffnen. Nach dem zweiten Fehler hört sie auf und kramt nach dem Spickzettel in ihrer Handtasche. Das Gedächtnis ist auch nicht mehr das, was es früher einmal war.

Außer ein paar Urkunden und einem Kuvert ist der Tresor leer. Im Kuvert liegt ein Bündel Hunderteuroscheine. Frau Rehrl lässt sie wie Spielkarten durch die Finger blättern.

„Mei. Da habt's aber was übersehen!", kichert sie schadenfroh. Doch darauf will sie sich nicht weiter verlassen. Eine Hausdurchsuchung zum haltlosen Vorwurf der Insolvenzverschleppung wird als Nächstes kommen. Auch wenn sie – Gott bewahre! – nichts zu verbergen hat: Es muss nicht sein, dass die Schnüffler ihre Nasen in Dinge stecken, die sie einen Dreck angehen.

Ächzend lässt sie sich auf den Ledersessel am Englischen Sekretär neben dem Fenster fallen.

Sie beginnt systematisch die Fächer und Schubladen zu durchforsten. Zum Vorschein kommen Geschäftspapiere, alte Akten. Nach flüchtiger Durchsicht steckt sie die Papiere in den Aktenvernichter neben dem Sekretär, der die Dokumente knirschend zu Papierspaghetti verarbeitet.

In der nächsten Schublade findet sie Fotos und Presseartikel aus den Achtziger- und Neunzigerjahren: Ansichten des wachsenden Betriebs, eine Pressemappe zum Firmenjubiläum: 'Mit Vollgas in die Zukunft - 50 Jahre Spedition Rehrl'. Das hat man davon, wenn man den pensionierten Dorflehrer mit public relations betraut. Ab in den Reißwolf.

Dann ein Artikel der Lokalzeitung - stilistisch auch kein Meisterwerk – über Frau Rehrl als einzige mittelständische Unternehmerin im Landkreis: 'HERRIN ÜBER 40 GESTANDENE MANNSBILDER' steht da in Versalien über einem Gruppenfoto: Sie, jung und gertenschlank steht inmitten ihrer stämmigen Brummifahrer an der Verladerampe. Der Shredder verdaut's.

Dann der Dorfpfarrer, wie Georg, der heilige Drachentöter, mit weit ausholendem Weihwasserschwengel, sechs nagelneue Sattelschlepper gegen das Böse segnend. Sie selbst - diesmal im Dirndl – Hände schüttelnd mit dem CSU-Bürgermeister im Trachtenanzug. Auch daraus werden bunte Papierflocken.

In der nächsten Schublade wird es privat. Frau Rehrl als strahlende Braut in Weiß (was einige in der Pfarrei für 'unangebracht' gehalten hatten) neben Hans, dem kraftstrotzenden Bräutigam, Ende dreißig, der in Lederhosen immer eine bessere Figur machte als im schwarzen Konfektionsanzug. Kaum zu glauben, wie glücklich sie damals war - und naiv wie eine Dotterblume. Frau Rehrl lacht sarkastisch. Mit sechzehn hatte sie den elterlichen Berghof verlassen, um in der Fuhrhalterei von Hans Rehrl, die damals aus zwei Fuhrwerken, vier Pferden und zwei Kutschern (die zugleich Stallburschen waren) bestand, eine Bürolehre zu beginnen.

Im nächsten Bild präsentiert Hans mit stolzgeschwellter Brust seinen Benz L 3500, *der* LKW der 50er Jahre, mit dem er nun auch überörtliche Fracht zustellen konnte. Das war kurz vor ihrer Hochzeit. Der zehn Jahre ältere Hans, ein fescher Bursche, der nichts anbrennen ließ, hatte seine 'Lehrtochter' schon im ersten Lehrjahr ins Stroh gelegt, ohne dabei direkt ans Heiraten zu denken. Und da er Angelika gefiel, machte sie mit. Im Dorf blieb das 'gschlamperte Verhältnis' natürlich nicht lange ein Geheimnis. Den Frommen war's ein Ärgernis, den Stammtischen ein Anlass für neidische Zoten und plumpe Schenkelklopfereien. Der begehrte Junggeselle machte keinerlei Anstalten, der Beziehung einen geordneten Rahmen zu geben, bis Angelika sich für den Posthalter zu interessieren begann und der sich für sie. Die große Liebe war die Heirat mit Hans dann nicht mehr. Aber für Angelika, die inzwischen als Buchhalterin einiges mitzureden hatte in der Spedition, gewiss prickelnder, als im Postamt für Haushalt und Nachwuchs zu sorgen.

Schon wenig später machte sie ein Schicksalsschlag ganz zur 'Chefin'. Eine bösartige Muskelkrankheit machte Hans schwächer und schwächer, er gab immer mehr Aufgaben an seine Frau ab, die unter den neuen Anforderungen einen unerwarteten Geschäftssinn entwickelte. Zum Schluss hatte Hans nur noch einen Wunsch: Einen Sohn, der einmal die Firma übernehmen würde.

Angelika selbst hätte kein Kind gebraucht. Drei Jahre vor Hans' Tod war es dann soweit. Sie tauften ihn Emanuel.

Frau Rehrl betrachtet die Kinderfotos. Emanuel als Baby mit nacktem Popo auf dem Wickeltisch. Der abgemagerte, deutlich von der Krankheit gezeichnete Vater, der mit Kleinkind und Windeln kämpft.

Frau Rehrl schluckt. Ein Bild zum Heulen: Emanuel als zweijähriger Knirps am mächtigen Lenkrad des alten Lasters, neben ihm der stolze Vater, mit abgemagertem Schädel und tiefen Augenhöhlen, wie der Boandlkramer persönlich. Aber in den Augen leuchtet Stolz und die Gewissheit: „Der Bub ist unsere Zukunft."

Dann eine schwarz umrandete Trauerkarte. „Der Herr sei seiner armen Seele gnädig."

Die Stille hatte sie geweckt. Durch die Ritzen der Fensterläden drang erstes Morgenlicht und warf, gefiltert durch die Blätter der Kastanie im Hof, tanzende Reflexe auf den Boden des Zimmers. Neben ihr Hans, schlafend, mit halboffenem Mund. Stille. Doch nicht nur die Vögel draußen waren verstummt, was fehlte, war auch das Rasseln seines Atmens, das ihr seit Wochen und Monaten den Schlaf raubte. Sie ergriff seine magere Hand, die ungewöhnlich schwer auf der Decke lag und spürte eine ungewohnte Kühle. Sein Blick aus halbgeschlossenen Lidern, ruhte starr auf der Decke. Eine Gänsehaut überlief sie. „Hans!", flüsterte sie und rüttelte an seiner Schulter. Sein Kopf rutschte zur Seite und eine Strähne seines schütteren Haares fiel ihm in die Stirn. Sie begann zu schluchzen. Später dann die schreckliche Erleichterung, dass es endlich vorbei war.

Frau Rehrl legt den Totenzettel weg. Wenigstens hat er nicht mehr miterleben müssen, was aus der Firma und seinem potentiellen Nachfolger geworden ist.
Ohne die weiteren Bilder anzuschauen nimmt Frau Rehrl den Packen, steckt ihn in ein großes Kuvert und schreibt 'Für Emanuel' darauf.

Sonst befindet sich nur noch Krimskrams in dem Fach: ein alter Füllfederhalter, Brillen, Büroklammern, Stifte. Und ein altes Benzinfeuerzeug. Sie zögert, nimmt das klobige Metallteil in die Hand. Ein Sturmfeuerzeug aus den Sechzigern, entflammbar bei jedem Wetter, in Mode bei Typen, die cool waren und filterlose Rachenputzer wie Gauloises und Roth-Händle rauchten. Sie erinnert sich: ein Sturmfeuerzeug Namens Zippo. Und er hieß Francesco.

Ein Vertragsabschluss in Verona, ein Lieferabkommen für die Spedition, die damals noch 'HANS REHRL TRANS-PORTE' hieß. Ihr erster eigener Erfolg. Man feierte in einer Trattoria. Sie und ihr Geschäftspartner, der viel zu junge Capo der Wein-Cooperativa Francesco. War es die Aufregung, das fette Essen, der schwere Wein oder die schwüle

Hitze in der vollen Gaststube, was ihr plötzlich den Boden unter den Füßen wegzog?

Draußen, auf dem leeren Platz vor der Kneipe: flirrende Hitze, sonnendurchglühte Häuserfronten, verrammelte Fensterläden. Siesta. Nur ein paar Touristen, die plappernd zu Julias Balkon und der römischen Arena zogen.

Langsam wurde ihr besser.

„Va bene?", fragte Francesco und warf ihr einen besorgten Blick aus seinen dunklen Augen zu. Sie nickte. Wie selbstverständlich legte er seinen Arm um ihre Schultern und zog sie in den Schatten einer Gasse. Aus einem Kellerabgang stieg der Hauch von altem, zu Essig vergorenem Wein. Die Kühle tat ihr gut, endlich bekam sie wieder Luft. Er blieb stehen, bot ihr eine seiner Zigaretten an, gab ihr mit seinem Benzinfeuerzeug Feuer. Sie begann zu husten.

„Scusa, ich rauche keine Rachenputzer!"

Wieder ein besorgter Blick aus seinen dunklen Augen.

„Was ist Raschenpusser", fragte er.

Ihr Husten wurde zum Lachen, in das er einstimmte. Sie verschluckte sich, er klopfte ihr auf den Rücken, sie lachte weiter, atmete schwer. Er nahm sie in den Arm.

Dann ein Kuss, der kein Ende nahm.

Später nur noch Fetzen von Erinnerungen: Noch mehr Küsse, noch mehr Lachen. Zwei zärtliche Schatten in einem heißen, dämmrigen Hotelzimmer. Am Abend ein Luftzug, der durch das geöffnete Fenster strich, die Gardine zum Segel blähte und Musik von der Gasse über die schweißnassen Körper wehte. Dann Stille, zwei traumlose Schläfer, die engumschlungen auf zerwühlten Laken ins schwarze Loch eines sterbenden Spiralnebels drifteten.

Das ungeduldige Klopfen des Portiers weckte sie in der Morgendämmerung. Ein Telegramm für die Signora.

„Komm schnell zurück, Hans geht es schlecht."

Das Zippo liegt in Frau Rehrls faltiger Hand. Sie versucht, es zu entflammen. Der Feuerstein sprüht noch Funken, aber der Brennstoff ist längst verdunstet. Sie steckt das Feuerzeug in ihre Jackentasche und steht auf.

Der Regen ist stärker geworden und klopft gegen die dunklen Scheiben. Sie fröstelt, macht Licht. Ihr Smartphone schnurrt. 'Emanuel' meldet das Display. Sie überlegt einen Moment, dann unterdrückt sie den Anruf, geht ins Bad, wäscht sich, cremt sich das Gesicht ein, schleppt sich in den Flur. Vor der steilen Holztreppe ins Obergeschoss bleibt sie stehen. Keine Chance, hinauf in ihr Schlafzimmer zu kommen. Sie nimmt den roten Arbeitsmantel von der Garderobe, legt sich auf die Chaiselongue im Büro und deckt sich mit dem Mantel zu.

Kurzschluss mit Folgen

Nein, ein schlechtes Gewissen hat Emanuel nicht, dass er Mutter mit ihren Brummis sozusagen im Regen hat stehen lassen. Nur manchmal ein ungutes Gefühl. Keiner kann ihm vorwerfen, dass er etwas falsch gemacht hätte. Bis 21 blieb ihm nichts anderes übrig, als nach ihrer Pfeife zu tanzen: Lehre zum Speditionskaufmann, Lieferscheine, Zolldeklarationen, Tagesrapports ausfüllen, Rechnungen schreiben, Touren disponieren, Leerfahrten vermeiden.

Obst, Gemüse, Wein und Käse aus dem Süden in die Münchner Großmarkthalle zu dirigieren ist sicher ein ehrenwertes Gewerbe, aber eindeutig nicht sein Lebensentwurf. Er wollte Schauspieler werden, was seine Mutter als spätpubertäre Allüren abtat. Für sie war klar: Ihr einziges Kind würde eines Tages die Firma übernehmen. Das war sie auch Hans schuldig. Mal abgesehen von Emanuels Abneigung gegen das Gewerbe, die Führung der Spedition hätte sie ihm nicht vor ihrem letzten Atemzug überlassen, selbst wenn auf den Sattelschleppern irgendwann 'ANGELIKA REHRL & SOHN' gestanden hätte. Sie kann einfach nicht anders, genauso wie ein Flamingo immer nur auf einem Bein steht.

Als er endlich volljährig war, ließ er seinen Job in Mutters Spedition sausen und wurde Schauspieler. Mutter tobte, er zog aus, absolvierte die Schauspielschule, fand danach ein festes Engagement in der niedersächsischen Provinz und genoss als jugendlicher Held und Liebhaber die Akklamationen des Publikums und die schmeichelhaften Kritiken

25

der Lokalpresse von Celle bis Cloppenburg. Doch irgendwann ermüdete ihn die Provinz.

Er kehrte nach München zurück, wurde einer dieser fast namenlosen Schauspieler, die sich beim 'Funk' mit Werbung, Synchronisationen und hin und wieder einer Minirolle beim Fernsehen über Wasser halten. Man sah sich bei den Castings, putzte Klinken bei Agenturen und Redaktionen, rief Regisseure und Produzenten auch mal abends privat an, um sich in Erinnerung zu bringen (was nicht immer gut ankam). Sogar als professioneller Trauerredner verdingte sich Emanuel auf dem Nordfriedhof, bis er eines Tages sein eigenes Salbadern nicht mehr hören konnte.

Frau Rehrl nahm es mit grimmiger Genugtuung zur Kenntnis, erwartete, dass er nun endlich von seinem hohen Ross herunterstieg. Doch er ignorierte die offene Türe für den verlorenen Sohn. Schließlich fand er Anschluss an eine Kleinkunstbühne. Endlich wieder ein begeistertes Publikum und ein Feuilleton, das sich, oft sogar zweispaltig, entzückte. Doch inzwischen war er - mit deutlichem Bauchansatz und beginnender Glatze (der er mit Kahlrasur ein Schnippchen schlug) - dem jugendlichen Liebhaber entwachsen, und 'künstlerische Erfolge' konnten nicht länger darüber hinwegtäuschen, dass die Gagen aus der brüderlich geteilten Abendkasse oft nur zu einer Quattro Stagioni und einem Viertel Merlot beim 'Mario' gegenüber reichten. Nein, Verhungern musste er nicht, er gehörte jetzt zur Mittelklasse der Schauspielerinnen und Schauspieler, die sich bis zum großen Erfolg mit Kleinvieh, das bekanntlich auch Mist macht, durchwurstelten. Schließlich fand er noch einen zusätzlichen Job als freier Versicherungsvertreter. Eine Rolle, die ihm lag, da das Kundengespräch nach überzeugenden Schilderungen von Risiken und Verhängnissen des Lebens verlangte. Endlich konnte er sich eine Wohnung in Schwabing und einen gebrauchten Volvo leisten.

Das Verhältnis zur Mutter änderte sich dadurch nicht. Sie hatte ihm den 'Verrat' nie verziehen, seine Entscheidung nie akzeptiert. Immer wieder rieb sie ihm unter die Nase, dass er es hätte „besser haben können". Jedenfalls solange ihr Geschäft noch brummte.

Erst jetzt, nachdem sie den Karren gegen die Wand gefahren hat, ändert sich der Refrain. Jetzt sollte er zurückkommen, um das Familienerbe zu retten. Nach Jahren, in denen sie sich nichts mehr zu sagen hatten, kaum zu Weihnachten oder an Geburtstagen mal telefonierten – er pflichtschuldigst, sie unversöhnlich. Völlig irre. Aber so war es.

Und jetzt ihretwegen ein schlechtes Gewissen haben? Forget it.

Als er endlich einen Parkplatz findet (im Halteverbot), ist er bereits eine Viertelstunde zu spät. Seine Kollegin Doro sitzt mit hübsch übereinander geschlagenen Beinen, Zeitung lesend, vor dem Mikro in der Sprecherkabine. Sie ignoriert seinen Gruß, knurrt nur:

»Wir warten.«

»Jetzt nicht mehr, *Dorle*«, erwidert Emanuel mit falschem Lächeln und rutscht einen Stuhl vor das zweite Mikro.

Sie wirft ihm einen vernichtenden Blick zu.

Touché! Auch wenn sie sich 'Doro' nennt – im Pass steht *Dorle*. Warum müssen Eltern eigentlich ihr Kind ein Leben lang mit so was bestrafen?

Wenn Doro nicht zickt, ist sie ja ganz sympathisch. Seit Wochen proben sie für ein Taschengeld Brechts BAAL in der 'Rampe', einem Off-Theater in Schwabing. Er spielt den Baal, Doro seine Geliebte. Es läuft nicht besonders gut, die Nerven liegen blank. Gestern Abend sind sie wieder einmal zusammengerumpelt. 'Zicke' contra 'Prolo'. Kein gutes Vorspiel zu einer Liebesszene auf der Bühne. Wenn's nicht so knapp vor der Premiere wäre, hätte Erich, der Regisseur, sie beide wahrscheinlich rausgeschmissen. Doro war so aufgebracht, dass sie geheult hatte. Emanuel nahm sich vor, ein bisschen netter zu sein, denn solange sie den Mund hält, gefällt sie ihm ja ganz gut. Und ihrer Empfehlung verdankt er schließlich diesen Job hier beim Schulfunk. Aber wie jetzt schaffte sie es immer wieder, ihm mit ihren Launen voll auf die Nüsse zu gehen.

»Schön«, tönt es aus dem Studiolautsprecher, »wenn Herr Rehrl auch da ist, können wir ja anfangen. Seite 1, oben: 'Ich bin Wunibald, der Regenwurm', Herr Rehrl!«

»Mooooment! Erst mal eine Tonprobe!«, geht der Tontechniker dazwischen.

Schulfunk, Heimat und Sachkunde. Für die Technik liest Emanuel den Text ohne Schnörkel: »Ich heiße Wunibald und bin ein Regenwurm. Ich wühle Gänge in die Erde …«

»Stopp! Ich komme rein.«

Ein junger Techniker betritt die Kabine und stellt das Mikro anders ein. Doro nutzt die Pause zu einem Schlagabtausch mit Redakteur Otto Grießmaier, der kurz vor der Pension steht, den Text wie immer persönlich verfasst hat und entsprechend eingeschnappt reagiert, wenn Änderungen vorgeschlagen werden.

»Otto«, meldet sich Doro, »mein Text, Seite 2, unten: Da spricht Gudrun, die Kellerassel, von der 'Krume', sollte es nicht besser Erde heißen oder Scholle?«

»Negativ! Wir bleiben bei dem, was im Skript steht.«

»Aber heut sagt doch kein Kind mehr 'Krume'«

Emanuel beginnt zu grinsen: »Aber auch nicht Scholle. Höchstens die AfD.«

Doro wirft ihm einen wütenden Blick zu.

Grießmaier tönt aus dem Studiolautsprecher: »Ende der Diskussion. Ihr werdet hier nicht fürs Umdichten bezahlt.«

»Wir können«, ruft der Tontechniker, und Emanuel legt mit schmatzender Stimme los:

»Hier bin ich wieder, euer Wunibald, der Regenwurm, der Gänge durch die Erde frisst, damit Luft und Wasser zu den Wurzeln der Pflanzen gelangen.«

Doro setzt mit piepsiger Stimme ein: »Und mich kennt ihr ja auch schon, ich heiße Gudrun, die Kellerassel. Ich fresse das Laub, das von den Bäumen fällt, und die morschen Äste und dünge damit den Boden, damit neues Leben aus der Krume sprießt.«

Der Redakteur unterbricht über Lautsprecher: »Stopp-stoppstopp! Herr Rehrl, ich nehme Ihnen den Regenwurm so nicht ab!«

»Soll ich noch mehr schmatzen?«

»Ach, Sie schmatzen! Ich habe gar nicht gewusst, dass Regenwürmer schmatzen.«

»Sorry, Herr Grießmaier – ich biete nur an.«

»Danke, aber versuchen Sie einfach am Text zu bleiben.«

»Also mehr Regenwurm.«

»Genau. Und du, Dorothea: Eine Assel ist kein Piepmatz, du weißt, was ich meine: mach es bitte etwas hintergründiger.«

Doro wiederholt ihren Text mit tiefer, rauchiger Stimme.

Grießmaier unterbricht erneut: »Gut. Aber übertreib's nicht. Sonst sind wir dann bei Hildegard Knef.«

Er gluckst heftig über seinen Witz, die beiden schauen sich vielsagend an.

Vor der Villa Rehrl parken ein schicker BMW und ein etwas angejahrter Opel. Neben den Fahrzeugen warten Herr Fischler, der alerte Filialleiter der Bank im modischen Anzug, und Dr. Ammer, ein grauer Mann um die sechzig, bayerisches Jankerl und Hut mit Gamsbart, der Steuer- und Finanzberater von Frau Rehrl.

»Meinen S' ned, mit a bisserl weniger Druck könnt' man die Sache humaner über die Runden bringen?«, fängt Ammer an.

»Das sagen Sie mal ihrer Klientin, Herr Ammer. An uns liegt's nicht.«

»Doch, auch. Herr Fischler – geben S' ihr doch wenigstens Zeit, bis sie aus der Reha zurück ist.«

Herr Fischler lacht auf. »Und was sage ich meinen Investoren? Jede weitere Verschleppung kostet uns ein Vermögen. Nein, Herr Ammer. Unsere Geduld ist definitiv erschöpft.«

Ein rotes Smart-Cabrio kommt angefahren. Eine sportliche Frau um die vierzig, dezentes Businesskostüm, nähert sich energischen Schrittes. Ammer will vorstellen:

»Herr Fischler von der Bank, Frau Winkelmann, Insolvenzverwalterin.«

»Wir kennen uns«, unterbricht der Banker die Vorstellung, »lassen Sie uns beginnen.«

Frau Winkelmann marschiert Richtung Haustür und zieht einen Schlüsselbund aus ihrer Tasche. Als sie die Haustür aufsperrt, blockiert eine Schließkette scheppernd die Tür von innen.

Das Geräusch lässt Frau Rehrl, die am Konferenztisch beim 'Ausmisten' in diversen Aktenordnern wühlt, hochfahren. Unverständliches Gemurmel dringt an ihr Ohr. Dann undeutlich die Stimme von Frau Winkelmann: »Hallo, ist hier jemand?«

Frau Rehrl nimmt ihre Hörgeräte vom Tisch, setzt sie ein und ruft: »Wer ist da?«

»Ich bin's, Frau Winkelmann, die Insolvenzverwalterin, mit Herrn Dr. Ammer und Herrn Fischler. Bitte machen Sie auf, Frau Rehrl.«

Frau Rehrl streicht sich eine Haarsträhne aus dem Gesicht:

»Gehn S' weiter, i hob koa Zeit ned.«

Draußen wieder unverständliches Gemurmel, dann die laute Stimme von Dr. Ammer:

»Frau Rehrl. I hob gar ned g'wusst, dass Sie scho zruck san von der Reha, sonst hätt i mi früher gmeld't. Aber jetzt machen S' bittschön auf, wir haben etwas zu besprechen.«

Schweigen. Die drei vor der spaltbreit blockierten Tür schauen sich ratlos an.

»Wir sollten endlich weiterkommen, Frau Rehrl, nachdem Sie die Sache schon lange genug verzögert haben«, ruft Fischler ziemlich gereizt.

»Ach, der Herr Fischler is a dabei! Sie haben mir grad no gfehlt!«

»Wir können auch anders, Frau Rehrl! Wenn Sie jetzt nicht sofort aufmachen, rufen wir die Polizei!«

Frau Winkelmann versucht die Eskalation im Keim zu ersticken, zischt den Banker an: »Überlassen Sie die Verhandlung bitte mir, Herr Fischler!« und wendet sich wieder dem Türspalt zu: »Frau Rehrl, jetzt seien Sie doch bitte vernünftig. Es ist für alle Seiten besser, wenn wir uns zusammen an einen Tisch setzen.«

Frau Rehrl lacht sarkastisch. »Aha! Plötzlich! Jetzt mag aber *ich* nimmer! Schauen S' zua, dass S' weiterkommen, *bevor i mi vergiss*!«

Fischlers Stimme wird schrill: »Wollen Sie uns etwa drohen, Frau Rehrl?«

Frau Rehrl greift wie immer, wenn sie es mit einem 'Preußen' ernst meint, zum dezidierten Hochdeutsch:

»Wenn Sie jetzt nicht sofort verschwinden, Herr Fischler, werde ich Ihnen Beine machen.«

Dann fällt die Haustüre scheppernd ins Schloss, und der Schlüssel wird von innen gedreht.

Fischler greift zum Handy. »Jetzt reicht's! Die Frau ist doch nicht mehr zurechnungsfähig!«

Dr. Ammer packt ihn am Arm, versucht, ihn am Telefonieren zu hindern.

»Jetzt san'S ned narrisch! So kommen wir nicht weiter!«

Fischler entwindet sich Ammers Griff. Frau Winkelmann wird energisch:

»Meine Herren, ich bitte Sie! Wir ziehen uns zurück, bis sich Frau Rehrl ...«

Ein lauter Schuss aus dem Haus unterbricht sie. Die drei stehen einen Moment wie vom Donner gerührt. Dann setzen sie sich eilends in Bewegung. Fischler rennt geduckt hinter einen Baumstamm, wählt den Notruf:

»Hallo, hier Fischler von der Spar- und Invest-Bank. Kommen Sie sofort. Hier wird geschossen! Nein, kein Banküberfall ...«

Frau Rehrl steht mit einer alten Jagdflinte vor dem offenen Garderobenschrank und horcht, wie sich das erboste Schnattern schnell von der Haustüre entfernt. Über ihrem Kopf baumelt ein altes Holzrad mit aufgesteckten elektrischen Kerzen an nur noch zwei Aufhängungen. Die dritte scheint das Opfer der Schrotladung geworden zu sein. Wütend stellt Frau Rehrl die Flinte in den Garderobenschrank zurück. Als sie nach den angelehnten Krücken greift, sieht sie sich im Spiegel: Ihre Augen blitzen, die Aufregung hat ein sanftes Rot auf ihre Wangen getrieben. Ihr Grimm verwandelt sich in ein Grinsen. Diesmal ist sie mit sich zufrieden: so gut drauf wie jetzt war sie seit langem nicht mehr.

Im Tonstudio ringen Emanuel und Doro weiterhin mit ihrem Redakteur um die angemessene Interpretation von Regenwurm und Kellerassel. Grießmaier macht es ihnen auch nicht einfach. Er stimmt zwar zu, dass die 'fachlichen Informationen' (um die es letztlich bei der Biologiesendung geht) von den 'Szenen' abgehoben werden müssen. Doch strohtrocken wie ein Börsenbericht sollten die 'Infos' auch nicht rüberkommen, damit die Kinder den emotionalen Bezug nicht verlören. Während Doro unter dem Mikrotisch mit flinken Fingern eine SMS ins Handy tippt, lässt Emanuel, den Kopf in beiden Händen, die Suada über sich ergehen.

Doro klappt das Handy zu, beugt sich zum Mikro und sagt keck: »Weißt du was, Otto? Wir versuchen es einfach nochmal. Aus dem Bauch heraus.«

»Ich halte zwar mehr vom Kopf, aber wenn du meinst.«, tönt Grießmaier etwas beleidigt aus der Regie.

»Wir können«, ruft der Techniker.

»Doro, bitte!«

Die Stimme etwas tiefer gelegt, schon fast mit einem erotischen Timbre, was bei älteren Herrschaften wie Grießmaier selten die Wirkung verfehlt, setzt Doro ein: »Der ursprüngliche Lebensraum der Asseln ist das Meer. Aber auch im Süßwasser sind sie heimisch geworden. Wie viele Wasserbewohner können Asseln auch mit Kiemen atmen. Die sind allerdings soweit zurückentwickelt, dass sie alleine nicht mehr ausreichen.«

Emanuel hebt anerkennend den Daumen. Das hat er schon immer bewundert: diese als Harmlosigkeit getarnte Frechheit der Mädchen.

»Selbst die Landasseln, die das Wasser verlassen und sich auf dem Land angesiedelt haben. Darum sind sie auf feuchte Orte angewiesen ...«

Emanuels Handy flötet die Internationale. Er springt auf und wühlt in seiner Tasche.

»Stoppstoppstopp! Welcher Idiot hat wieder einmal das Handy nicht ausgeschaltet?«, schreit der Tontechniker aus dem Lautsprecher.

»Sorry!« ruft Emanuel und nimmt den Anruf entgegen.

»Ja?«

Er horcht, dann unterbricht er den Anrufer: »Ich bin in einer halben Stunde da.«

Diesmal versetzt ihn die Aktion seiner Mutter in Panik. Mit achtzig rast er über den Mittleren Ring. Die Polizei habe nach Fischlers hysterischem Notruf Großalarm ausgelöst, hat Ammer ihm am Telefon gesagt. Ein Fall für das Mobile Einsatzkommando. Von seiner Mutter in dem verbarrikadierten Haus gebe es nach dem Schuss keine Reaktion mehr. Ob sie sich selbst etwas angetan hat? Panik schießt in Emanuels Gehirn wie glühender Stahl in eine Gussform. „So ein Schwachsinn!", schreit er sich selber an. Woher sollte sie überhaupt eine Waffe haben? Dann kommt ihm in den Sinn, wie er als Kind einmal eine Ohrfeige kassiert hatte, als er mit einer alten Jagdflinte seines Vaters spielte. Er hatte sie im Schrank gefunden. Den Vorfall hat er längst vergessen, doch jetzt kommt die Erinnerung siedend heiß wieder hoch.

Was macht so ein Sondereinsatzkommando, wenn ein Sturkopf wie seine Mutter nicht kooperiert, mit einer Flinte herumfuchtelt, den Aufforderungen nicht Folge leistet? Das Haus stürmen, ohne Rücksicht auf Verluste? Sie erschießen, wenn sie sich - in Verkennung ihrer Lage – nur bescheuert genug aufführt?

Der übliche Stau am Innsbrucker Ring, dann endlich die Autobahn. Er drückt das Gaspedal ins Bodenblech und gibt jedem die Lichthupe, der auch nur daran denkt, auf die linke Spur zu wechseln.

Der erste Streifenwagen steht in der Einfahrt zur Spedition. Wachtmeister Strahm, der Emanuel von jugendlichen Haschpartys her noch gut in Erinnerung hat, lässt ihn passieren. Hundert Meter vor dem Haus warten Dr. Amman, Frau Winkelmann und Fischler neben einer weiteren Streifenwagenbesatzung auf das Mobile Einsatzkommando.

»Wo ist sie?«, schreit Emanuel zu Dr. Ammer.

»Immer noch drin. Gut, dass' da san!«

Emanuel atmet auf. Ein Polizist prüft seinen Ausweis und weist ihn an, seinen Wagen im Ladehof zu parken. Mit durchdrehenden Rädern setzt Emanuel zurück, dann rennt er direkt auf das Haus zu.

»Bleiben S' da! Sie hat sich eing'sperrt und die Kette vorg'legt!«, ruft Ammer hinter ihm her. »Da kommen S' ned nei, Herr Rehrl!«

»Ich schon!«, bafft Emanuel zurück und läuft weiter.

Ein Polizist schreit: »Stopp!« und nimmt die Verfolgung auf, geht aber in Deckung, als Emanuel die Haustüre erreicht hat.

Jetzt kommt Bewegung in die kleine Gruppe von Schaulustigen und zwei Zeitungsfotografen, die von der Polizei durch ein Flatterband auf Distanz gehalten werden. Kameras klicken. Aus dem Lautsprecher des Streifenfahrzeugs ertönt die Aufforderung an Emanuel, sofort zurückzukommen. Der steht unbeeindruckt auf Zehenspitzen und tastet mit den Händen über den Türstock. Die Lautsprecherstimme überschlägt sich. Aus der Ferne nähert sich ein mehrstimmiger Chor von Polizeisirenen.

Unvermittelt taucht ein Polizeihubschrauber über den Bäumen auf und übertönt alles. Die Beamten halten ihre

Dienstmützen im Luftzug der Rotoren fest, eine fliegt trotzdem davon. Auf dem Sims über der Tür findet Emanuel den Schlüssel, sperrt die Türe einen Spalt weit auf, greift routiniert hinein, hängt die Sperrkette aus und verschwindet im Haus.

Ein Raunen geht durch die Gaffer. Das Einsatzkommando prescht in den Hof, Männer mit Helmen, schusssicheren Westen und Maschinenpistolen springen aus den Fahrzeugen und gehen in Deckung.

Die plötzliche Stille im Hausflur verblüfft Emanuel. Nur gedämpft dringt der Lärm vom Hof in den halbdunklen Raum. Ein Sonnenstrahl fällt auf das Bild der Verkündigung Marias neben der monströsen Garderobe und lässt den Staub in der Luft wie die künstlichen Schneeflocken in einer Glaskugel tanzen.

»Hey, Mutter, wo bist du?«

»Bist es du, Emanuel?«

Mit wenigen Schritten steht Emanuel im Arbeitszimmer. Hier sieht es nach tabula rasa aus: Leere, herausgezogene Schubladen, volle Papierkörbe, ein überquellender Schnipselbehälter im Aktenvernichter. Frau Rehrl sitzt am Sekretär und dreht sich zu ihm: »Was is denn des für a Radau heraußen? I hab doch g'sagt, i brauch mei Ruh!«

Wie immer, wenn seine Mutter ihn auf die Palme treibt, fällt Emanuel auch ins Bayerische: »Sag mal, hat dir einer ins Hirn nei g'schissn? Siehgst du ned, was 'd wieder verbockt hast mit deiner elendigen Sturheit?!«

Frau Rehrl betrachtet verwundert ihren wutschnaubenden Sohn.

»Was hast g'sagt?«

»Schalt endlich deine Hörgeräte ein!«

Frau Rehrl fummelt an ihren Ohren.

Von draußen schallt wieder eine Lautsprecherstimme, diesmal ruhig und professionell: »Achtung, Achtung. Hier spricht die Polizei. Frau Rehrl, hören Sie mich? Treten Sie bitte ohne Waffe und mit erhobenen Händen vor die Haustüre. Ich wiederhole ...«

»So a Schmarrn! I geh doch an Krücken. Wie sollt' ich da mit de Händ' in der Luft nauskemma?«

»Wo ist die Flinte vom Papa?«

»Im Schrank, wie immer.«

Emanuel sieht sie durchdringend an. Sie verdreht die Augen, als könnte sie keiner Fliege was antun und fragt:

»Spinnst du jetzt a?«

Mühsam hangelt sie nach den Krücken, die auf den Boden gerutscht sind.

Emanuel geht zur Tür. »Bleib sitzen, ich mach das.«

»Aber lass keinen von den Deppen ins Haus!«

»Das wird sich kaum vermeiden lassen.«

Emanuels Kapitulation mit hoch erhobenen Händen und die anschließende Leibesvisitation in Bauchlage durch schwer bewaffnete Einsatzkräfte entspricht zwar der Liturgie des sonntäglichen 'Tatorts', doch manche Gaffer haben sich offenbar mehr versprochen und wenden sich enttäuscht ab, als Emanuel mit dem Einsatzleiter und einer Polizeipsychologin einfach im Haus verschwindet und das Einsatzkommando das Schlachtfeld räumt.

Während die Schaulustigen abziehen, versucht die Lokalpresse, bei den Beteiligten ein paar Hintergrundinfos abzugreifen. Fischler, der gern, auch im Hinblick auf das geplante und nicht ganz unumstrittene Shopping-Center, etwas gesagt hätte, bekommt von der Insolvenzverwalterin einen Maulkorb („Bitte jetzt keine Internas, Herr Fischler!"). Diese selbst verweigert jeden Kommentar, solange das Insolvenzverfahren nicht abgeschlossen sei. Selbstverständlich wird am nächsten Tag doch alles brühwarm in der Zeitung stehen, denn Fischler pflegt eine gute PR zur Lokalpresse.

»Was is des für'n Schmarrn!? I hab koa'm was do! Mei Ruah wollt i habn, des is ois.«

Umstellt von schwer bewaffneten Polizisten sitzt Frau Rehrl am Tisch, blickt wütend auf ihre Hände, die mit Handschellen gefesselt sind. Ruhig entgegnet die Polizeipsychologin, die neben dem Einsatzleiter ihr gegenübersitzt:

»So einfach ist das leider nicht, Frau Rehrl. Für die genaue Abklärung brauchen wir auch ein fachärztliches Gutachten. Deshalb werden wir Sie jetzt ins Psychiatrische Krisenzentrum nach München bringen.«

Frau Rehrl braust auf: »I bin doch net deppert!«

»Aber vielleicht krank. Wir müssen sicher sein, dass Sie für sich selbst und für die Allgemeinheit kein Risiko darstellen. So sind die Bestimmungen.«

Frau Rehrl drückt die gefesselten Hände vor den Mund und fängt leise an zu glucksen.

»Mutter? Was fehlt dir?«

Emanuel, der im Hintergrund gesessen hat, ist aufgesprungen, wird von den Polzisten aber sofort abgeblockt, als er zur Mutter will.

Ihr Glucksen wird lauter, sie nimmt die Hände vom Gesicht, weint und lacht in einem und schreit zu Emanuel: »Gell, jetzt schamst' di für dei Mutter! Besser, du tät'st di für dich selber schämen, so wie du mi hast hängen lassen!!«

Ihr Gelächter wird immer hysterischer. Sie versucht aufzustehen, kippt zappelnd auf die Tischplatte. Der Einsatzleiter und die Polizisten zerren sie wieder auf den Stuhl zurück, Emanuel hält es nicht länger aus, dreht sich um und geht. Die Polizeipsychologin greift zum Funkgerät. »Hier Borg. Müller Zwei, bitte kommen.«

»Hier Müller Zwei.«

»Wir brauchen sofort den Arzt. Ein Nervenzusammenbruch.«

»Verstanden.«

Man hat Frau Rehrl auf die Chaiselongue gelegt. Inzwischen schluchzt sie nur noch leise vor sich hin. Ein Arzt nimmt ihren Arm, ein kurzer Stich, ein kühler Strom schießt durch den Arm in ihren Kopf. Auf dem Gemälde über ihr rasen die Gewitterschwaden wie pyroklastische Ströme die Felswände hinunter, verschlingen den See, verschlingen die Kühe und schließlich auch sie.

Kein Laut ist im Nebel zu hören, nur hin und wieder das träge Scheppern einer Kuhglocke oder das ferne unheilvolle Grollen des Teufels, der durch die Klamm fährt. Ein Windstoß reißt die Kette, die sich das kleine Mädchen aus Wildblumen geknüpft hat, aus dem Haar. Krachend fährt ein Blitz in eine abgestorbene Föhre am Hang, die brennend auseinanderbricht. Panisch springt die Kleine auf. Hagel klatscht ihr ins Gesicht. Sie rennt. Aber wohin? Eine Distel dringt schmerzhaft in ihre Ferse. Sie schreit, wirft sich hinter einen Felsblock, erwartet mit geschlossenen Augen das Ungeheuer, das sie zerreißen wird. Schon packt es sie am Arm, reißt sie hoch, sie kreischt. Da legt sich eine Hand auf ihre Stirn, bettet sie an eine starke Schulter. Sie kuschelt sich an den lachenden Vater.

„Des is doch nur a Wetter, Anschi!"

Ein letzter heftiger Windstoß lässt dürres Laub in einer Mulde tanzen. Dann reißt der Himmel kurz auf, wirft eine Feuergarbe auf den aufgepeitschten See. Grollend scheint sich die Wolke über den Bergkamm zu verziehen.

„Alles wird gut", sagt der Vater.

„Aber der Teufel?"

„Wer net an ihn glaubt, dem kann er a nix antun", lacht der Vater und trägt sie über die Alm zur sicheren Hütte.

Frau Rehrl wacht auf, als die Trage mit einem Ruck aus der Verankerung gelöst wird und ein grelles Licht durch die offene Tür des Rettungswagens fällt. Unter ihr werden Räder ausgeschwenkt wie beim Landeanflug eines Flugzeugs, und zwei Sanitäter rollen sie an einer grün flackernden Neonbeleuchtung vorbei durch automatische Glastüren in einen warmen Raum, wo sie ein lächelnder Mann mit modischem Vollbart empfängt.

»Frau Rehrl! Können Sie mich hören?«

Frau Rehrl öffnet die Augen.

»Was denn sonst«, sagt sie und setzt sich auf.

Der Mann gibt ihr die Hand und hilft ihr von der Trage.

Hat sie die Handschellen nur geträumt?

»Ich bin Dr. Seifert und möchte mich gerne ein wenig mit Ihnen unterhalten. Wollen wir uns setzen?«

Sie schwankt, sucht nach den Krücken. Die Sanitäter stützen sie und führen sie zu einer Sitzecke mit Sesseln und Kanapee. Auf einem Tischchen steht ein japanisches Gesteck, und an der Wand hängt ein Plakat mit einem merkwürdig verrenkten Harlekin von Picasso. Alles schwankt ein wenig, aber im Bauch hat sie ein warmes, gutes Gefühl. Der nette Arzt lehnt ihre Krücken an die Wand, wo sie sofort umfallen.

»Lassen Sie's liegen!«, sagt Frau Rehrl. »Die fallen immer wieder um.«

Noch ein Polizeieinsatz

Aus dem Nieselregen ist ein Landregen geworden, der sich auf der Autobahn zu Gischtwolken verdichtet, aus denen endlos Lichter auftauchen und wieder verschwinden. Ein Lastzug schert aus dem nassen Grau aus und biegt in die Zufahrt zu einer Raststätte südlich von München ein. Der Fahrer scheint nicht der einzige zu sein, der sich vor der langen Nacht über den Brenner mit einem Schweinsbraten und Bier stärken will. Die Rastanlage ist jedenfalls voll belegt, auf der Zufahrt zu den Parkplätzen staut sich der Schwerverkehr. Der Brummifahrer zögert nicht. Statt ins hupende Chaos stellt er sich neben das Schild 'Parkverbot für Unbefugte' und verschwindet im Rasthaus, bevor es irgendeinem Befugten einfallen kann, ihn daran zu hindern.

Wenige Sekunden später wird es unter der Plane mit dem Aufdruck: 'Spedition Olmi - Täglich Berlin - München - Italien' lebendig, eine Hand taucht auf, öffnet den Verschluss der Abdeckung. Aus dem Spalt taucht ein Kopf mit einem Fan-Käppi von Hertha BSC auf. Er vergewissert sich, dass die Luft rein ist. Dann schält sich ein etwa 15-jähriger Junge mit Umhängetasche aus dem LKW und springt in die tropfende Freiheit.

Sein Name ist Beni, und er ist abgehauen. Wieder einmal Stress, diesmal mit den Köhlers, seiner Pflegefamilie in Neukölln. Die wollten das mit ihm nicht länger mitmachen. Er sei ihnen über den Kopf gewachsen, sagte Frau Köhler zum Betreuer vom Jugendamt. Und dass das Preis-Leistungsver-

hältnis beim Betreuungsgeld nicht mehr gestimmt habe, er-
gänzte ihr Mann, der davon seinen Bier- und Zigarettenkon-
sum bestritt. Fakt ist, dass Beni dauernd Mist gebaut hatte:
die Schule geschwänzt, im Kaufhaus geklaut, Autos aufge-
brochen, sich rumgeprügelt. Bis 14 mussten die Bullen ihn
laufenlassen, aber dann war Schluss mit lustig. Er galt jetzt
als jugendlicher Intensivtäter, und nach seinem letzten
Streich sollte er einrücken: Bewährung vergeigt, ab in den
Bau. Das war too much für Beni. Früh am Morgen war er auf
dem benachbarten Ladehof unter die Plane eines Trucks ge-
krochen. Hasta la vista, Baby. Wohin er will? Keine Ahnung,
Hauptsache weg. Oder doch – nach Italien zu Frank, seinem
großen Bruder. Der hatte gesagt, er sei immer für ihn da,
egal was passiert.

Beni hat plötzlich Hunger. Die zwanzig Euro, die er sich
aus der Teedose geliehen hatte, wo Frau Köhler das Haus-
haltsgeld versteckt, sind längst verzockt. Auch der Fünfzi-
ger, den er einem Rentner im Gedränge der U-Bahn aus der
Hosentasche geholt hatte. Er könnte jetzt ein paar Mars
klauen an der Tanke. Oder Leute anschnorren. Am besten
beides. Er stellt sich vor das Drehkreuz am Klo. 'Sauberkeit
erleben – das erfrischend andere WC. Einwurf 70 Cent'. Auf
seine Bitte, ihm einen Euro zu schenken, reagiert keiner. Die
Nummer: „Hätten Sie mal 70 Cent – ich muss dringend!"
funktioniert schon besser. Ein paar dumme Sprüche inklusi-
ve hat er nach einer Viertelstunde immerhin 2,80 Euro.
Wenn er sich anstrengt, reicht es irgendwann zu einem Big
Mac und einer Cola XXL in der Junkfood-Bude nebenan.

Was Beni nicht bemerkt: Hinter ihm sind zwei sportliche
Typen stehengeblieben, die bereits in einen Big Mac beißen.
Doch ihr Interesse gilt weniger dem triefenden Klops als Benis Treiben vor dem öffentlichen Klo. Hätte Beni sich auch
nur kurz umgedreht, wären die zwei ihm sicher bekannt

vorgekommen. Nicht persönlich, aber vom Typ her: Zivilbullen, hier auf der Autobahn Richtung Österreich, wahrscheinlich Schleierfahnder. Und Beni hätte sofort aufgehört, Leute anzuquatschen, wäre, die Unschuld in Person, weitergeschlendert, als hätte er nur die Angebote am Kondomautomaten gecheckt.

Aber Beni hat wieder einmal kein Auge für drohende Gefahren. Er nimmt gerade einen jener Mitmenschen ins Visier, die ihm sein Bruder mit dem Satz „Jeden Morgen steht irgendwo ein Vollpfosten auf, und den musst du erwischen!" ans Herz gelegt hatte. Arglos und fröhlich in sein Handy brabbelnd, steuert der Dicke genau auf Beni zu. Vor der Schranke zückt er seinen Geldbeutel. Beni setzt sein zerquältes Gesicht auf, kneift x-beinig die Backen zusammen: »Hey Mann, ick muss janz dringend. Reizdarm, capito? Schnell, rück ne Münze raus!«

Der Dicke wühlt in der Börse, findet nur einen Zehneuroschein.

»Sorry – hab kein Kleingeld.«

Beni greift blitzschnell nach dem Schein.

»Ick wechsle mal.«

Der Dicke schaut auf seinen leeren Geldbeutel, dann ruft er hinter Beni her: »Aber der Wechsler steht doch hier!« Er deutet auf den Automaten neben der Schranke.

Die beiden Typen im Hintergrund tauschen einen Blick, dann versenken sie, getaktet wie zwei Synchronspringer vom Zehnmeterbrett, ihre Burger im Abfalleimer und setzen sich in Bewegung.

»Halt! Bleib stehen! Polizei!«

Draußen schlägt Beni ein paar Haken zwischen wild durcheinander geparkten Brummis. Die zwei folgen. Berliner Bullen haben meist keinen Bock, sich beim Sprinten einen

45

Bruch zu holen. Diese schon. Sind auch keine Schupos. Sind nicht nur trainiert, sondern auch clever. Beni keucht. Sein Scheiß-Asthma macht ihm zu schaffen. In einer Gasse zwischen eng geparkten Sattelschleppern hat er nur noch einen Verfolger hinter sich. Den hängt er ab, hüpft über eine Anhängerkupplung in die nächste Parkgasse, nimmt die Gegenrichtung, wirft sich zu Boden, robbt unter einem Autotransporter durch und bleibt kurz vor dem totalen Sauerstoffkollaps liegen. Weiter weg hört er die zwei Bullen meckern. Na also. Er versucht, seine Schnappatmung zu kontrollieren: Durch die Nase tief einatmen, Lippen zusammenpressen, durch die Sperre langsam ausatmen. Ein Hustenanfall kitzelt in seinen Bronchien. Locker bleiben. Alles wird gut. Hauptsache die Typen sind weg. Er versucht, leise den Schleim wegzuhusten. Das war ein Fehler.

»Auf den Boden, du Drecksack, Hände auf den Rücken!«

Vor sich blickt er in eine gezogene Waffe.

»Hinlegen!«

Hinter ihm die Leitplanke, Gischtwolken, Stoßstange an Stoßstange Schwerverkehr. Kein Entrinnen. Beni hebt langsam die Hände und geht in die Hocke. Scheiße. Diesmal wird es nicht mit ein paar Stunden Laub blasen im Park abgehen. Der Bulle pfeift durch die Finger. Sein Kollege windet sich grinsend zwischen zwei Kühltransportern durch. Er ruft etwas, was im Lärm der Kühlaggregate untergeht. Im Moment sind beide abgelenkt. Auf der Autobahn nähert sich ein langsamer Schwertransporter mit gelben Warnleuchten. Vor ihm eine Lücke. Jetzt oder nie. Mit einem Sprung ist Beni über der Leitplanke, mit zwei weiteren über dem Pannenstreifen auf der rechten Spur. Das tiefe Horn des Tiefladers nagelt ihn beinahe in den Asphalt. Weiter! Ein BWM auf der Mittelspur weicht nach rechts aus. Das war knapp. Mit einem Satz entrinnt er auch einem Raser auf der dritten Spur

46

und landet mit einer Bauchrolle im Müll auf dem Mittelstreifen. Fahrzeuge schießen hupend an ihm vorbei. Er schaut zurück. Auf dem Pannenstreifen hampeln die zwei Zivilen wie Pausenclowns im Zirkus Brombach, finden keine Lücke im Verkehr oder trauen sich nicht. Der eine deutet auf die Brücke über die Autobahn, beide rennen los. Jetzt bloß nicht die Nerven verlieren. Nach einer Ewigkeit schafft er auch die Gegenfahrbahnen, erreicht die Tankstelle auf der anderen Seite. Seine Atemnot wird dramatisch. Fieberhaft wühlt er in seiner Umhängetasche, findet das Asthma-Spray, gibt sich zwei, drei Sprühstöße. Ein würgender Husten zwingt ihn in die Knie. Die Verfolger laufen über die Autobahnbrücke. In ein, zwei Minuten sind sie da. Cool bleiben.

Ein leeres Taxi mit laufendem Motor steht an einer Tanksäule, der Fahrer ein paar Meter daneben, telefoniert. Beni schleicht geduckt um das Fahrzeug, quetscht sich hinters Lenkrad, würgt knirschend einen Gang rein und prescht los. Nicht ohne den Blinker zu setzen, wie sein Bruder es ihm eingebläut hat: „Was fällt einem Bullen zuerst auf? Nein, nicht deine Proletenfresse, die nicht in den fetten Benz passt, sondern, dass du ohne Blinken ausparkst!"

Im Rückspiegel läuft der Taxifahrer ein paar Meter schreiend hinter seinem Wagen her, während die beiden Fahnder in die Zielgerade einlaufen. Beni hupt, als er an ihnen vorbeifährt. Ihre Gesichtszüge entgleisen. Beni haut mit der Faust aufs Lenkrad und schreit: »Yäh! Yäh! Yäh!«

Dann verschwindet das Taxi in der Gischt auf der Autobahn.

Frau Rehrl fasst einen Entschluss

Ohne Regung sitzt Frau Rehrl am Fenster des Hochhauses und betrachtet das alte Feuerzeug in ihrer Hand. Über der Münchner Schotterebene quält sich ein trüber Tag zu Ende. Wie eine zerfasernde Orange steht die Sonne im Dunst über den bereits dunklen Reihenhäusern der Vorstadt. Das letzte Aufbäumen des Föhns als schmaler, heller Streifen am Horizont, dann klatschen die ersten Tropfen gegen die Scheiben des Seniorenzentrums.

Unten, im schmalen Garten, scheucht eine Pflegekraft ein paar Betagte von den Ruhebänken am verwahrlosten Teich zurück ins Trockene.

Frau Rehrl betrachtet wieder das Zippo.

Der Schalk in seinen schwarzen Augen ist erloschen. Schlaksig und leicht nach vorn gebeugt wie ein Junge, der zu schnell seinem Konfirmandenanzug entwachsen ist, steht er auf dem Bahnsteig und reibt sich die Nase. Dann holt er sich mit den Lippen eine Gauloises aus der Schachtel, schnippt das Zippo an und bläst nach einem tiefen Zug Rauchringe in die Luft. Fröstelnd steht Angelika auf der zweitobersten Stufe des Waggons: Eine attraktive Geschäftsfrau im eleganten Zweiteiler, fast vierzig, Ehefrau eines todkranken Mannes, Geliebte eines großen Jungen. Ihr Blick folgt den aufsteigenden Rauchringen und landet am

Sekundenzeiger der Bahnhofsuhr, der unerbittlich der vollen Runde entgegen hoppelt. Eine aussichtslose Geschichte. Ein vorhersehbares Ende.

„Angelina!", flüstert er.

Sie lächelt, zuckt hilflos die Schultern. Er greift nach ihrer Hand.

„Bleib!", flüstert er, in seinen Augen glitzert eine irreale Hoffnung.

Der Zeiger ist oben, bleibt einen Moment stehen, dann ruckelt er weiter, während eine scheppernde Lautsprecherstimme endgültig auseinanderreißt, was nicht zusammengehört:

„Attenzione! Schnellzug nach Bozen, Innsbruck, München. Bitte einsteigen. Türen schließen. Der Zug fährt ab."

Der Pfiff des Fahrdienstleiters, der Zug, der sich zögernd in Bewegung setzt. Francesco springt zu ihr hoch, klammert sich an sie.

„Amore mio! Vergiss mich nicht. Ich warte auf dich."

Nein, sie wird ihn nicht vergessen. Nein, sie wird nicht zurückkommen. Ein jäher Gedanke: Jetzt einfach loslassen, sich mit ihm fallen lassen. Der Zug wird schneller.

„Francesco, spring ab!"

Er drückt ihr sein Feuerzeug in die Hand.

„Bring mir mein Zippo zurück!"

Er landet auf dem Bahnsteig, stolpert, sie schreit auf. Er rappelt sich hoch, läuft, setzt dem immer schnelleren Zug in großen Sprüngen nach wie eine Wildkatze, die ihr Letztes gibt, obwohl sie längst verloren hat. Amore mio. Ein Gitter am Ende des Bahnsteigs. Wie in einem neorealistischen Film klammert er sich an die Absperrung und schreit:

„Aaaangelina!"

Sie winkt, winkt, winkt, als er schon längst nicht mehr zu sehen ist.

„Signora!"

Ein Schaffner zieht sie grob in den Waggon, knallt die Türe ins Schloss, schreit:

„È pazza?!" Sind Sie wahnsinnig?!

Als der Schaffner weg ist, kommen die Tränen, während das Rattern der Räder sie den wolkenverhangenen Bergen entgegenträgt. Dann schnäuzt sie sich energisch. Das Ende einer Fata Morgana - mehr war es nicht.

Frau Rehrl steckt das Zippo ein. Auch wenn unten jetzt alles leer ist und es nichts mehr zu sehen gibt, bleibt Frau Rehrl im Rollstuhl am Fenster sitzen. Seit sie vor ein paar Stunden ins Seniorenzentrum gebracht wurde, sitzt sie hier. Hinter ihrem Rücken ein Tisch, zwei Stühle, zwei Betten. Eins ist wohl ihrs, im anderen summt Frau Gruber: »Vor der Kaserne, vor dem großen Tor ...« Weiter kommt sie nicht. Frau Gruber ist 85 und schwer dement. Seit Frau Rehrl im Zimmer ist, singt sie dieses Lied. Mal laut, mal leise, manchmal bricht der Gesang ab, dann döst Frau Gruber für paar Minuten ein, bis sie wieder von vorne anfängt.

Die Türe geht auf und Schwester Elsi, jung, resolut und ziemlich korpulent, schiebt den Medikamentenwagen ins Zimmer.

»So, meine Damen, dann wird's langsam Zeit, dass wir in die Heia kommen!«

Sie nimmt der dementen Frau die Zudecke weg.

»Hat Sie denn Schwester Hanni nicht gewindelt, Frau Gruber?«

Die Frau brabbelt etwas Unverständliches. Die Pflegerin stellt fest, dass der Job dann wohl an ihr hängen bleibt. Etwas ungehalten fährt sie die Frau an:

»Sie müssen es der Schwester Hanni sagen, wenn Sie neue Windeln brauchen! Ich hab' auch so noch genug zu tun!«

Sie deckt die Demente wieder zu und schiebt den Rollstuhl mit Frau Rehrl vom Fenster zum leeren Bett.

»Und wir ziehen uns jetzt aus, Frau Rehrl. Kommen Sie allein zurecht?«

Frau Rehrl macht keine Anstalten, der Anordnung Folge zu leisten.

»Um Fünfe geh i no ned ins Bett.«

»Sie müssen ja nicht schlafen. Aber sonst werden wir nie fertig!«

»Es is no hell!«

Die Pflegerin lässt die Jalousie runter.

»Jetzt nicht mehr. Und vergessen Sie Ihre Tabletten nicht.«

Sie stellt den Tablettenbehälter auf den Nachttisch.

Dr. Seifert vom psychiatrischen Krisenzentrum hatte sich verständnisvoll gegeben. Klar, dass sie angesichts ihrer 'geschäftlichen Probleme' und ihrer 'physischen Beeinträchtigung nach dem Unfall' angeschlagen sei. Stress. Ein psychischer Zusammenbruch. Wahrscheinlich gehört es zu seinem Berufsbild, Bekloppte erst mal ins Vertrauen zu wiegen, um sie dann umso besser ins Messer laufen zu lassen. Frau Rehrl war also auf der Hut, als er nach dem allgemeinen Blabla ein paar Tests mit ihr machte, die sie an die 'Deppentests' der MPU für Trunkenheitsfahrer erinnerte (nicht aus

52

eigener Erfahrung, aber ein paar schwarze Schafe unter ihren Fahrern hatten schon mal dort antreten müssen). Zum Beispiel sollte sie eine Uhr zeichnen, die auf zwanzig nach acht steht. Ob er damit beweisen wolle, dass sie nicht mehr alle Tassen im Schrank habe, hatte sie ihn gefragt.

Dr. Seifert hatte verbindlich gelächelt. Unzurechnungsfähigkeit oder gar eine 'gefährliche Psychose' könne er bei ihr ausschließen. Also keine akute Fremd- und Selbstgefährdung nach dem 'Psychischen Krankengesetz'. Aber - ob ihr öfter mal ein Name oder das richtige Wort nicht mehr einfalle, ob öfter Schlüssel verschwinden, ob sie manchmal desorientiert sei oder vor dem Kühlschrank stehe, ohne zu wissen, was sie eigentlich herausnehmen wollte?

»I bin ja a nimmer zwanzg!«, knurrte Frau Rehrl. Da könne man schon mal etwas vergessen. »Gewiss«, pflichtete ihr der Arzt bei, und dann kam der Hammer:

»Aber es kann auch eine Vorstufe von Demenz sein.«

Frau Rehrl, von der Spritze noch leicht sediert, fuhr aus ihrer Lethargie hoch.

»Ja so a Schmarrn! Des passiert doch an jedem, Herr ...«

»Doktor Seifert«, half ihr der Psychiater. Die Übergänge von altersbedingter Vergesslichkeit zur Demenz seien fließend und am Anfang würden die Ausfälle auch kaum jemandem auffallen. Im Alltag könne man diese mit Hilfsmitteln, zum Beispiel mit angehefteten Zetteln, ein Stück weit kompensieren: 'Eier', 'Bügeleisen', 'Käse'.

»Gehen S' weiter! I find mei Obatzden allweil no, ohne dass i an Zettel drohäng!«

Dr. Seifert lachte.

»Und deppert bin i no lang ned, a wenn mer ned von jedem Strolch glei der Name wieder ei'follt!«

Der Arzt hatte sie ernst angesehen. »Frau Rehrl. Sie sollten es nicht auf die leichte Schulter nehmen!«

Eine gewisse kognitive Beeinträchtigung sei nicht auszuschließen. Es wäre auch in ihrem Fall wichtig, rechtzeitig mit Medikamenten dagegen anzugehen.

Frau Rehrl wurde laut: »Pillen! Pillen! Immer nur Pillen! Damit's uns immer guat im Griff habts! Ohne mi!«

Irgendwann war Frau Rehrl so müde und fertig, dass sie keinen Widerstand mehr leistete. Statt mit dem Taxi ins 'Vier Jahreszeiten' zu fahren, wie sie es sich eigentlich vorgenommen hatte, war sie in ein Pflegeheim gebracht worden, wo es noch ein freies Bett gab. 'Freiwillig' und 'vorübergehend', bis ihre Hüfte soweit verheilt sei, dass sie wieder alleine kutschieren könne, hatte man ihr versichert. Natürlich ging es darum, sie unter Kontrolle zu behalten.

Doch jetzt kommen ihr Zweifel. Ob die demente Frau Gruber auch einmal 'vorübergehend und freiwillig' hier gelandet ist?

Nachdem Schwester Elsi Punkt halb acht das Licht gelöscht hat, versucht Frau Rehrl, die immer noch vor sich hin summende Zimmergenossin anzusprechen. Frau Gruber verstummt, sieht Frau Rehrl wie ein toter Fisch aus großen, erloschenen Augen an und sagt trocken: »Wie einst Lilli Marleen.«

Dann schließt sie die Augen, ein Lächeln huscht über ihre Züge. Sie ist eingeschlafen.

Eine rote Notleuchte verbreitet ein gespenstisches Licht im Raum. Frau Rehrl setzt sich an die Bettkante, angelt sich ihre Kleider vom Stuhl und zieht sich mühsam wieder an. Eine ihrer Krücken poltert zu Boden. Erschrocken hält sie inne und blickt zu Frau Gruber, die mit scharfem Profil und stramm nach hinten gebundenen Haaren daliegt wie eine indianische Totenmaske.

Das schlagartig einsetzende Schnarchen der Frau beruhigt Frau Rehrl. Nur eine Apnoe. Sie hinkt zum Schrank, packt wieder einmal ihre Reisetasche. Zum Glück hat man ihr den Rollstuhl dagelassen. Sie steckt die Krücken in die Halterung, hievt die Tasche auf ihren Schoß und fährt los. Frau Gruber hört auf zu schnarchen und murmelt. Frau Rehrl erstarrt zur Salzsäule. Als die Atemzüge der Alten wieder regelmäßig werden, öffnet Frau Rehrl behutsam die Zimmertüre. Im Stationszimmer schräg gegenüber brennt Licht. Die Nachtschwester verteilt Medikamente in die Tablettenbehälter für den nächsten Tag. Ein gedämpfter Rufton ertönt, Rotlichter im Flur und im Stationszimmer beginnen zu blinken. Die Pflegerin steht auf, Frau Rehrl macht lautlos die Tür wieder zu. Als die Schritte im Flur verklungen sind, fährt sie los. Sie lenkt den Stuhl ins Stationszimmer, durchwühlt die offene Medikamentenschublade, findet endlich, was sie sucht, steckt ein paar Packungen in ihre Handtasche und fährt zum Aufzug am Ende des Flurs.

Die Pförtnerloge in der Eingangshalle ist nachts nicht besetzt. Frau Rehrl rollt auf die automatische Glastüre zu, die nach draußen führt. Doch die Tür bleibt verschlossen, auch wenn sie vor dem Sensor mit beiden Armen winkt. Verflixt. Kein Entkommen. Das war's dann. Sie bleibt ratlos stehen, überlegt. Eigentlich darf das gar nicht sein. Als Firmeninhaberin weiß sie: Solange Menschen sich in einem Gebäude aufhalten, muss der Fluchtweg offen sein. Brandschutz. Auch nachts. Sie probiert es wieder, rumpelt mit dem Rollstuhl gegen die Glastür. Erschrocken horcht sie, ob der Lärm jemanden aufgeschreckt hat, aber im Haus bleibt alles still. Gibt es einen Seitenausgang? Die Suche scheitert an ein paar Stufen, die zu einem Kellerausgang führen. Jetzt bleibt nichts anderes übrig als zurück ins Zimmer und es tagsüber versuchen. Wenn sie dann, mit Rollstuhl und Gepäck, am

Pförtner überhaupt vorbeikommt. Und jetzt unbemerkt ins Zimmer gelangt. Als sie sich umdreht, bemerkt sie einen Knopf mit dem Hinweisschild 'Nachtschalter'. Frau Rehrl grinst. „Mei! Wer sagt's denn!"

Draußen fegt ein eiskalter Wind Blätter und Regenschauer über den Vorplatz. Frau Rehrl beißt die Zähne zusammen, stemmt sich entschlossen in die Greifräder, kommt aber mit dem vollbeladenen Rollstuhl kaum von der Stelle. Zum Glück endet der Vorplatz an einer Rampe, die zur Straße hinunterführt. Frau Rehrl lässt sich hinab rollen. Flutlicht erleuchtet die Öde eines Parkplatzes und einer Bushaltestelle gegenüber, wo auf einem Ständer ein loses Schild: 'Haltestelle verlegt' im Wind scheppert. 'Geschenkt', denkt Frau Rehrl. Jetzt kommt eh kein Bus mehr. Sie gräbt in ihrer Handtasche nach dem Handy. Vergeblich. Wahrscheinlich hat sie es auf dem Sekretär liegen lassen. Wie kann man so blöd sein. Langsam beginnt sie zu frieren. Fünfzig Meter weiter zischen auf einer Querstraße vereinzelte Fahrzeuge über den nassen Asphalt. Mühsam macht sich Frau Rehrl auf den Weg.

Oben im siebten Stock fällt der Nachtschwester auf, dass eine Tür einen Spalt weit offensteht. Leise dringt Frau Grubers Schnarchen durch die Ritze. Die Pflegerin will die Türe schließen, stutzt und leuchtet mit der Taschenlampe in den Raum. Frau Rehrls Bett ist leer. Sie klopft an die Toilettentür. »Frau Rehrl, sind Sie da drin?« Keine Antwort. Sie öffnet: Niemand drin. Frau Gruber erwacht und fängt an zu brabbeln. »Schlafen Sie weiter, Frau Gruber, es ist noch lange nicht Morgen.«

An der Ampel wartet Frau Rehrl auf Fußgängergrün. Zwei Autos fahren durch, dann springt die Ampel für die Autos auf Rot. Ein Taxi nähert sich, hält. Frau Rehrl winkt, der Fahrer, hinter der nassen Scheibe nur schemenhaft auszumachen, winkt energisch ab. Sie steigt trotzdem aus dem Rollstuhl, hängt sich die Reisetasche über die Schulter und hinkt an den Krücken zum Fahrzeug. Als sie die hintere Tür öffnet, kommt eine harsche Ansage:

»Hey Oma, det jeht nich! Ick bin bestellt!«

Am Steuer sitzt Beni. Frau Rehrl schmeißt Krücken und Tasche in den Fond, lässt sich ächzend auf die Rückbank fallen und haut die Tür ins Schloss.

»Was fällt Eahna ein? Sie können doch ned a oide, kranke Frau im Regen stehn lassen!«

»Wat? Mach n' Abgang, Oma, aber ein bisschen dalli-dalli.«

Frau Rehrl verschränkt die Arme und lehnt sich ins Polster zurück.

»Sie können mich ja wenigstens zum nächsten Taxistand bringen!«

Die Ampel wird grün. Beni steigt aus, geht um das Auto herum und öffnet den hinteren Schlag.

»Hab ick mir unklar ausjedrückt?«

»Ich geb' Ihnen achthundert Euro.«

Beni sieht Frau Rehrl an, als hätte sie nicht mehr alle Tassen im Schrank.

»Verarschen kann ick mir selber.«

»Im Ernst! Wenn Sie mich nach Verona fahren.«

Von hinten kommt ein Auto, bremst, hupt, fährt vorbei.

Frau Rehrl greift in die Handtasche und streckt ihm einen Hunderter entgegen.

Beni ist verblüfft, dann nimmt er den Schein.

»Wat ist mit dem Rest? Det ist nur hundert.«

»Des is a Anzahlung, verstehen'S mi? Den Rest gibt's, wenn wir dort sind.«

Beni steckt den Hunderter ein, setzt sich wieder ans Steuer und fährt mit krachender Kupplung los. Frau Rehrl sieht befriedigt, wie der Rollstuhl mit der Aufschrift 'Seniorenzentrum Süd' im strömenden Regen verschwindet.

Was ihr entgeht, ist die Nachtschwester, die Sekunden später keuchend aus der Zufahrt gelaufen kommt, verblüfft dem entschwindenden Taxi nachschaut, und dann den Rolli zum Seniorenzentrum zurückschiebt.

Beni mustert Frau Rehrl über den Innenspiegel. Hundertpro gaga. Wer sonst bietet 800 Euro für eine Taxifahrt! Wohin hat er nicht kapiert, ist ihm aber auch schnuppe. Weit fährt er sowieso nicht mehr. Jeder Bulle im Umkreis von hundert Kilometern ist doch jetzt genau hinter dieser Karre her. Doof ist nur, dass er keinen Schimmer hat, in welcher Scheißecke er hier gelandet ist, nachdem er die Autobahn an der nächsten Ausfahrt verlassen hatte. So gesehen ist die bayerische Klette vielleicht doch noch ganz nützlich. Die kennt sich aus und kann ihn in die Nähe eines Autohofs lotsen. Die Karre mit der Oma wird er irgendwo im Wald stehen lassen. Bis man sie findet, sitzt er längst in einem Brummi nach Italien. Frau Rehrl bemerkt, dass Beni sie über den Innenspiegel mustert. Als Taxifahrer scheint er ihr, trotz des Käppis, das er sich ins Gesicht gezogen hat, ein bisschen sehr jung.

»Wissen S', wie S' am schnellsten auf d' Autobahn kemma?«

»Wo jenau jeht's denn hin?«

»Reden S' Deutsch, i versteh euch Preißn schlecht.«

Beni bemüht sich.

»Wohin Sie fahren wollen? Icke versteh Se och nich.«

»Nach Verona.«

»Okay. Da werd ick noch tanken. Wo jenau liegt denn det?«

»Verona? In Norditalien!«, ergänzt Frau Rehrl pikiert und wundert sich.

Beni horcht auf. »Ist det bei Liforno?«

»Du meinst Livorno? Na. Livorno is scho no a Stückl weiter. Warum?«

»Da kenn ick jemand.«

Auf der Landstraße taucht eine Abzweigung mit dem Schild 'Autobahn Salzburg / Innsbruck' auf. Beni fährt daran vorbei.

»Haben S' des Schildl ned g'sehn? Warum fahren S'ned auf die A8?«

»Weeste wat? Hier jeht et schneller. Auf der Autobahn hängt doch eener am andern.«

Frau Rehrl hat wieder nicht verstanden. »Was is auf der Autobahn? Ein Unfall?«

»Nee, ein Scheißverkehr.«

»Sie wollen doch nicht etwa auf der *Landstraße* nach Verona fahr'n!«

»Wie weit ist das?«

»Über vierhundert Kilometer.«

»Wa! Vierhundert?!? Da sind achthundert Piepen aber krass zu wenig, Oma.«

»I bin nicht Ihre Oma!«

»Und ick will tausend.«

Frau Rehrl wird laut. »Jetzt werden S' ned unverschämt! Achthundert, oder Sie fahren mich zum nächsten Taxistand. Dann macht ein Kollege das Geschäft.«

Beni merkt, dass er überzogen hat. Und letztendlich ist es ja völlig schnuppe, wie er zu seinem Geld kommt.

»Okay, okay Lady – wie Sie wünschen.«

Frau Rehrl mustert ihn misstrauisch. Seine Fahrweise ist ruppig. Hin und wieder verschaltet er sich oder lässt die Kupplung schleifen. Irgendetwas scheint mit dem jungen Fahrer nicht zu stimmen. Als er merkt, dass sie ihn taxiert, zieht Beni sein Käppi noch tiefer in die Stirn. Wieder fährt er an einer Abzweigung zur Autobahn vorbei. Frau Rehrl rollt die Augen und redet dezidiertes Hochdeutsch:

»Wissen Sie überhaupt, wie Sie nach Verona kommen?«

»Ick muss vorher zu einem Autohof.«

»Der nächste ist aber erst in Raubling!«

»Okay. Und wie komm ick dorthin?«

»Auf der A8 hätten Sie gleich eine Tankstelle.«

»Ick tanke nisch uff der Autobahn.«

»So oan Schmarren! Ein Umweg kostet Sie mehr, wie die paar Cents, die Sie sparen!«

Um die unerquickliche Diskussion zu beenden, versucht Beni das Radio einzuschalten. Er erwischt den Knopf vom Taxifunk. Die Stimme einer Disponentin dröhnt in voller Lautstärke:

»Hey Leute, ich geb' euch nochmals das Kennzeichen von dem gestohlenen Fahrzeug durch: Martha, Dora, 3944. Der jugendliche Straftäter dürfte inzwischen von der Autobahn abgefahren sein und sich im südlichen Landkreis bewegen.«

Beni versucht hektisch, den Funk auszumachen.

Ein Fahrer quatscht der Disponentin dazwischen: »Die Drecksau! Wenn ich den erwisch!«

»Vorsicht – der Typ ist möglicherweise bewaffnet. Keine Eigeninitiativen. Meldet euch bei mir oder direkt bei der Polizei, wenn ihr den Wagen seht.«

Endlich hat Beni den richtigen Knopf gefunden. Der Schlager 'Neunundneunzig Luftballons' erschallt. Frau Rehrl bemerkt eine Taxilizenz an der Fahrerkonsole. Diese zeigt das Foto eines etwa Fünfzigjährigen mit Schnauzer und Brille, Unterschrift: Alois Brunnhuber.

Die Blicke von Beni und Frau Rehrl kreuzen sich. Frau Rehrl sagt ruhig:

»Bei der nächsten Kreuzung kommt der Gasthof 'Zum Hirschen'. Dort können Sie mich rauslassen, Herr Brunnhuber.«

Beni ist irritiert. »Wat denn Brunnhuber?«

»Hast mi verstanden?«

»Sie wollen doch nach Verona.«

»Aber ned mit dir.«

Die Landstraße durchquert einen Wald. Beni reißt plötzlich das Steuer nach rechts und brettert in einen Forstweg. Frau Rehrl schreit auf und kippt in die Polster. Irgendetwas schlägt hart gegen den Wagenboden. Beni stoppt das schlingernde Fahrzeug nach ein paar Metern und dreht sich zu Frau Rehrl um.

»Endstation, Oma. Ick kriege noch 700.«

Frau Rehrl rappelt sich wieder in Sitzposition, japst vor Empörung.

»Jetzt reicht's aber, du Spitzbub. Du gibst mir jetzt sofort meinen Hunderter zurück und fährst mich zum 'Hirschen'!«

»Janz ruhig, Oma. Ick tu dir nix, aber du schiebst mir det Jeld jetz rüber.«

Frau Rehrl tut so, als würde sie dem Ansinnen nachkommen. Umständlich kramt sie in ihrer Handtasche. Blitzschnell langt Beni nach hinten, will ihr die Tasche entreißen. Doch Frau Rehrl hält mit der Linken die Tasche am Riemen fest, mit der Rechten richtet sie ein Pfefferspray, das sie plötzlich in der Hand hält, auf Beni und sprüht ihm eine Ladung ins Gesicht. Beni jault auf, reißt die Türe auf und fällt mit den Händen vorm Gesicht neben dem Auto zu Boden. Er krümmt sich vor Schmerz, würgt und hustet. Auch Frau Rehrl bekommt kaum noch Luft, reißt die hintere Wagentür auf, hustet ebenfalls. Mit dem Ärmel wischt sie sich die tränenden Augen.

»Das hast' jetzt davon, du Hallodri!«, ruft sie und schnäuzt sich die Nase.

Er schnappt nach Luft, hustet. Dann kriecht er auf den Fahrersitz zurück, kramt im Fußraum des Beifahrersitzes nach seiner Tasche, nimmt sein Asthmaspray und gibt sich zwei, drei Hübe. Er hustet und japst nach Luft.

»Asthma!« fährt es Frau Rehrl durch den Kopf! Wie Emanuel, als er noch klein war. Jetzt bloß keine Schwäche zeigen.

»Diesmal hast du die Falsche erwischt!«

Beni japst hustend nach Luft und hockt sich, das Gesicht in beiden Händen, auf den Fahrersitz.

»Sie sind ... so prall!«

Frau Rehrl bringt wieder das Pfefferspray in Anschlag.

»Sei ned wehleidig. Zeig amoi.«

Er nimmt einen Moment die Hände vom Gesicht und starrt mit geschwollenen Augen ins Leere. Dann heult er los:

»Ick seh ... nur noch Feuer ... biste bekloppt ... du olle Schabracke!«

Frau Rehrl wird wütend.

»Vo so an Spitzbubn lasse i mi no lang ned bläd oredn! Des hosd Du Dia selba ei'brockt!«

Jetzt heult Beni richtig. Frau Rehrl beißt sich auf die Lippen. Emanuel konnte das auch: Jeden Mist anstellen – und dann in Tränen ausbrechen. Bis ihr Zorn dahin geschmolzen war.

»Ned de Augn reibn. Des macht's grod schlimma.«

Sie reicht ihm ein Papiertaschentuch. Dann bemerkt sie in der Mittelkonsole eine halbvolle Wasserflasche des bestohlenen Taxifahrers.

»Leg dei Kopf in' Nacken, und halte die Augen offen.«

»Jeht doch nischt!«

»Sapprament! Tu, was i sag!«

Beni blinzelt dramatisch ins Leere, sie gießt ihm das Wasser ins Gesicht. Ein neuer Aufschrei. Er schüttelt sich wie ein nasser Hund.

»Sind Se bescheuert?!«

»Red ned sovui, wenns d' koa Luft ned kriagst. Mach d' Augen auf! Siehst du mich?«

Er sieht sie mit verquollenen Augen an, heult auf.

»Ick bin blind!«

»Schmarrn. Du woasst scho, dass ma fia Raub ins Zuchthaus kimmd.«

Mit tränenüberströmtem Gesicht, im Brustton der verfolgten Unschuld, schluchzt Beni:

»Wat denn! Ick hab Se nich … ausjeraubt, ick wollte nur det … wat Se mir versprochen haben!«

»Red koan Schmarren. Gar nix hab i versprochen!«

»Wenn Se nisch mehr nach Verona wollen, … ist det Ihr Problem. … Aber zahlen müssen Se trotzdem, det steht in jeder Jeschäftsordnung!«

Frau Rehrl schnappt nach Luft.

»Des is doch no ned oamoi dei Taxi! Wo hast du's gstohlen?«

Beni zieht den Rotz in der Nase hoch, schneidet ein Gesicht wie ein getretener Dackel und schüttelt traurig den Kopf.

»Det ist jetzt wirklich jemein! Icke hab nie jesagt, det wär meine Taxe. Die jehört dem Alois«, er deutet auf die Lizenz, »… und der Alois ist mein Schwager. Und weil er den Fuß verknackst hat, fahr ick die Tour.«

Frau Rehrl lacht höhnisch.

»Nur weil i oid bin, bin i no lang ned deppert! Du bist doch keine Achtzehn und hast no ned mal den normalen Führerschein und scho gar ned den zur Personenbeförderung!«

»Danke für dat Komplimeng. Ick wees, dass ick jünger aussehe. Aber ick hab die Pappe!«

»Und was ist mit dem Taxischein?«

»Den mach ick och noch.«

Frau Rehrl lacht wieder auf: »Den kriegt man frühestens mit 21!«

Beni wird sauer.

»Ey! Dat is krass! Ick hab nur meen Schwager een Jefallen jetan!«

»Hör zu, du fahrst mi jetzt zum 'Hirschen', aber im Schritttempo und mit eingeschaltetem Warnblinker!«

»Damit Se die Bullen rufen? Nee. Kommt nisch in Frage. Ick jeh zu Fuß weiter.«

Beni macht Anstalten, aufzubrechen. Frau Rehrl ändert den Ton.

»Okay. Jeder geht seinen Weg, sobald du mich zum 'Hirschen' gebracht hast. Wir haben uns nie gesehen. Ehrenwort.«

Beni sieht sie aus rotgeschwollenen Augen durchdringend an. Dann grinst er.

»Wat hab'n SIE eijentlich ausjefressen?«

Diese Wendung gefällt Frau Rehrl überhaupt nicht. Sie zieht ein empörtes Gesicht.

»Werd' ned frech, Bürscherl!«

Beni nickt. »Sorry, ick hab nur jedacht, wie Se mitten in der Nacht im Rollstuhl vor dem Grufti-Heim jesessen haben: Da hat jemand seen Spinat nisch aufjejessen. Oder noch wat Krasseres, wa?«

»So a Schmarrn! Du bringst mi zum 'Hirschen', und i vergieß den Hunderter.«

Beni schüttelt bedauernd den Kopf. »Wer weeß, wo ick da reinjezogen werde.«

Frau Rehrl sieht ihn kühl an.

»Dann hau ab. So gut, wie du di hier auskennst, wird's ned lang dauern, bis die Polizei di derwischt.«

Beni überlegt. Das ist leider nicht ganz von der Hand zu weisen.

»Okidoki. Ick setz Sie beim Jasthof ab, und Sie jeben mir noch'n Huni drauf.«

»Einen was?«

»Einen Hunderter extra.«

Frau Rehrl schnauft wütend: »Des is Erpressung!«

»Nee. Een Risikozuschlag!«

Sie zieht ihre Türe ins Schloss.

»Dann fahr zua!«

Beni versucht, rückwärts aus dem Forstweg rauszukommen.

Damit hat er Probleme, was nicht nur an seinen mangelnden Fahrkünsten und den tränenden Augen liegt. Irgendetwas am Wagen klopft und eiert.

Frau Rehrl ist alarmiert: »Stopp! Da stimmt was ned!«

Beni lacht nur.

»Quatsch. Wie sagt ihr Bayern immer: Passt scho!«

Auf der Landstraße findet er mit Mühe den ersten Gang und fährt los. Es knackt und klopft noch stärker, dann stirbt der Motor ab. Beni lässt den Wagen an den Straßenrand rollen. Vergeblich versucht er, den Motor neu zu starten.

»Scheiße!« schreit er, probiert es weiter, tritt dazu wütend auf das Gaspedal. Frau Rehrl ist fassungslos.

»Kein Gas! Du ersaufst ja den Motor!«

Beni überhört den Ratschlag.

»Komm, komm, komm!«, schreit er, orgelt weiter und tritt das Gaspedal ins Bodenblech. Der Anlasser wird langsam müde.

»Hör auf!«, schreit Frau Rehrl.

»Verdammte Scheißkarre!«, explodiert Beni.

»Des Auto kann doch nix dafür, dass du zu damisch bist zum Autofahrn!«

Der belehrende Tonfall macht Beni noch wütender.

Er haut aufs Lenkrad und schreit: »Fuck you!« Dann steigt er aus.

»Mach die Warnblinker an!«, ruft Frau Rehrl.

Er ignoriert es. Mühsam zwängt sich Frau Rehrl zwischen die Vordersitze und betätigt den Schalter.

Beni zieht einen eingeklemmten Ast unter dem Wagen heraus. Dann steigt er ein und versucht es wieder. Diesmal gibt der Anlasser nur noch ein Summen von sich, dann klackt es nur noch.

»Was hob i gsagt?«, kann es sich Frau Rehrl nicht verkneifen.

»Okay.«, sagt Beni, »Ick jeh zu Fuß.«

Frau Rehrl nickt.

»Tu, was d' ned lassen kannst. Aber bevor di verdruckst, kriag i mei' Hunderter z'ruck.«

»Ick verstehe det Bayrisch janz schlecht«, sagt Beni, zieht sein Käppi in die Stirn, nimmt seine Umhängetasche und stiefelt los.

Der Enkeltrick

Es hat wieder angefangen zu regnen. Diesmal heftiger. Frau Rehrl sieht Beni nach, wie er mit eingezogenem Kopf durch die Pfützen und Rinnsale patscht, die sich auf der Landstraße gebildet haben.

Sich von einem kriminellen Rotzlöffel so abzocken zu lassen - langsam wird sie wirklich alt, ärgert sie sich. Sie macht es sich bequem im Trockenen. Irgendwann wird man sie finden. Langsam wird sie müde. Dann kommen ihr doch Bedenken. Wie soll sie das alles der Polizei erklären? Man wird sie ins Heim zurückbringen und dafür sorgen, dass sie nicht mehr so leicht wegkommt. Am besten wäre es, jemand nimmt sie mit, bevor die Polizei auftaucht. Sie schält sich aus dem Auto und stellt sich in den Regen. Eigentlich müsste man das Warndreieck aufstellen.

Langsam nähert sich ein Fahrzeug. Frau Rehrl winkt. Das Auto, ein Minivan, fährt erst vorbei, bremst dann und bleibt stehen. Frau Rehrl holt ihre Reisetasche vom Rücksitz, hängt sie an die Schulter und stakst auf den Krücken Richtung Fahrzeug. Beni, der schon ein gutes Stück entfernt war, kommt angelaufen. Er ist zuerst da.

Eine etwas biedere Frau sitzt am Lenkrad und drückt schnell den Schließknopf der Tür, als der Junge an die Scheibe klopft.

»Nehmen Se mir mit, die Karre ist verreckt!«

Die Frau hinter der Scheibe deutet an, dass sie im ohrenbetäubenden Trommeln des Regens nichts versteht.

»Was wollen Sie?«, ruft sie laut.

Beni macht eine drehende Bewegung mit der Hand. Sie kurbelt das Fenster einen Spalt auf. »Wer sind Sie? Was wollen Sie?«

Inzwischen ist Frau Rehrl auch schon fast am Fahrzeug.

»Ick heeße Beni, und det ist meine Oma.«

Er zeigt auf Frau Rehrl.

»Unser Taxi hat ne Panne, können Se uns ein Stück mitnehmen?«

»Wo müssen Sie denn hin?«

»Nach … Verona.«

»Nach Italien! Da haben Sie aber was vor!«

Frau Rehrl hat inzwischen das Fahrzeug erreicht.

»Grüß Gott, es wär nett, wenn Sie mich beim 'Hirschen' vorn absetzen könnten.«

»Ja freilich!«, sagt die Frau und steigt aus, »aber heute wird keiner da sein, die haben Ruhetag.«

Frau Rehrl ärgert sich.

»Ja, sowas Blödes. Wo fahren Sie denn hin?«

»Nach Kufstein. Dort finden Sie bestimmt einen anderen Gasthof.«

Die Frau macht die Beifahrertür auf und hilft Frau Rehrl.

»Steigen Sie ein, Sie sind ja schon ganz nass!«

Beni will wissen, ob Kufstein auf dem Weg nach Italien liegt. Schon, antwortet die Frau, aber da würden sie heute Nacht wohl kaum ein Taxi finden, das sie bis nach Verona fährt.

»Gibt es da auch einen Autohof?«

»Sicher«, sagt die Frau, »aber was stehst du so herum? Nimm doch deiner Oma die schwere Tasche ab!«

Frau Rehrl will das mit der 'Oma' richtigstellen, doch Beni, der nach ihrer Reisetasche greift, kommt ihr dazwischen.

»Die nehm' i scho selber!«, sagt sie entschieden und hält die Tasche fest.

Beni lacht und nimmt ihr die Krücken ab, als sie sich auf den Beifahrersitz des kleinen Wagens quält und setzt sich nach hinten.

Kaum sind sie unterwegs, überfällt Frau Rehrl eine große Müdigkeit. Das Quietschen der Wischblätter und die gemächliche Fahrt durch den trommelnden Regen machen ihre Glieder schwer, und die Unterhaltung rinnt an ihr vorbei, wie die Tropfen auf der Seitenscheibe.

»Jetzt ist sie eingeschlafen«, stellt die Fahrerin mit einem Seitenblick fest.

»Die janze Aufrejung. Einfach too much für Oma«, meint Beni von hinten.

»Wo ist denn euer Taxifahrer?«, will die Fahrerin wissen.

»Der will einen Abschlepper organisieren.«

»Zu Fuß? Bei dem Wetter! Warum ruft er nicht einfach über Funk einen anderen Wagen?«

Beni winkt ab: »Jeht nisch - die janze Scheiß-Elektrik is im Arsch: Keen Anlasser, keen Taxifunk, nisch mehr hat funktioniert. Und keener hat een Scheißhandy dabei! Det pisst mich echt an.«

Die Frau wirft ihm einen genervten Blick zu, dann wird sie pädagogisch.

»Geht es auch ohne solche Ausdrücke, Beni?«

»Wat denn?«

»Du nimmst Dinge in den Mund, die ich noch nicht einmal anfassen würde!«

Ach so. Er versteht. Wahrscheinlich eine Lehrerin oder eine vom Jugendamt. Vorsicht.

»Klaro. Wenn Se meinen.«

Die Fahrerin macht auf versöhnlich.

»Ich habe übrigens auch kein Handy. Schlecht, wenn man mit einer Autopanne liegen bleibt.«

Beni mustert sie genauer: Brave Strickjacke, gebügelte Jeans, akkurate Kurzhaarfrisur, panisch ans Lenkrad gekrallt, die Nase fast an der Scheibe, pflügt sie ihren mindestens aus der Hippiezeit stammenden Minivan durch die Fluten, als wär's die Arche Noah. Am Armaturenbrett klebt ein Amulett mit Christophorus, der das Jesuskind auf den Schultern durch das Wasser trägt, und am Innenspiegel baumelt ein Rosenkranz. Beni relaxt. Vielleicht doch keine Lehrerin und auch keine vom Jugendamt. Nur einfach ein frommes Landei. Wie seine Tante Erni. Die hat auch einen Christophorus neben dem Tacho, der sie daran erinnert, niemals schneller als Fünfzig zu fahren.

Als Beni noch klein war, hatte man ihn auf Ernis Hof in Niedersachsen geschickt, wo sie mit Onkel Olaf Schweine mästet. Damit Beni aus der verqualmten Großstadt in die frische Landluft kam. Tante Erni hatte gern vom lieben Gott gesprochen und von Jesus, der auch ihn und seine Mama lieb habe, was nicht selbstverständlich war, denn seine Mama nahm schon damals Dope und ging auf den Strich. Jeden Sonntag hatte Erni ihn in die Messe mitgenommen. Danach gab es Himbeerkuchen und Limo. Und eine Mark, damit er sich etwas kaufen konnte. Zum Beispiel Darth Vader oder Han Solo im Krämerladen.

»Was haben Sie denn vor in Verona?«, fragt die Fahrerin. Der Regen und ihre Verspannung haben etwas nachgelassen.

Beni beugt sich vor und flüstert, nach einem prüfenden Blick auf die schlafende Frau Rehrl: »Wir fahren zu einem Spezialisten, damit Oma wieder gesund wird.«

»Was fehlt ihr denn?«

»Knochenkrebs, Endstadium.«

Die Frau erschrickt.

»Mein Gott, das ist ja furchtbar!«

Beni seufzt. Wie sagt sein Bruder immer: „Ob wahr oder gelogen - scheißegal. Hauptsache, dass dabei was rausspringt."

Was diesmal dabei rausspringen könnte, ist Beni noch nicht klar, aber instinktiv wittert er einen schwachen Punkt.

»Da hilft nur noch beten«, sagt die Frau sichtlich betroffen.

»Das sagt die Oma auch immer.«

»Wenn ihr in Verona seid, besucht mal die heilige Jungfrau von Sant' Anastasia in der Altstadt. Die wundertätige Madonna hat schon vielen geholfen!«

»Echt?«

Die Fahrerin nickt.

»Als mein Mann seinen Job verlor und monatelang arbeitslos war, haben wir auch zur Jungfrau gebetet. Kurz darauf hat's geklappt!«

»Super!«

»Das war zwar die Madonna in Altötting, aber entscheidend ist nicht der Ort, sondern der Glaube!«

Schweigen.

»Können Se uns am Autohof raus lassen? Da ruf ick meen Schwager an, damit er uns abholt.«

»Vielleicht auch besser. Die meisten Gasthöfe werden um diese Uhrzeit geschlossen haben. Ach übrigens, wenn ihr in Verona seid, könnt ihr mir da einen Gefallen tun?«

»Zündet bei der heiligen Jungfrau auch für meine Tochter eine Kerze an. Damit sie zurückfindet auf den rechten Weg.«

»Klaro«, sagt Beni, auch wenn er nur Bahnhof versteht, »was hat denn die Kleene ausjefressen?«

Natürlich hätte Emanuel seine Mutter ins psychiatrische Krisenzentrum begleiten sollen, doch offensichtlich wollte sie ihn nicht dabeihaben. Scham angesichts der megapeinlichen Situation? Wut, weil sie sich von ihm verraten fühlte? Wahrscheinlich beides. Auch am Telefon wollte sie nicht mit ihm sprechen, als er später im Altenzentrum anrief. Die Stationsschwester meinte, es wäre besser, wenn sie nach der ganzen Aufregung erst mal zur Ruhe käme.

Selbst ziemlich durcheinander fährt Emanuel zur 'Rampe', wo er auch heute zusammen mit Doro Brechts 'BAAL' probt. Die Truppe sitzt bereits in der Teeküche, als er auftaucht.

»Und?«, fragt Doro voller mitfühlender Sorge, die aber schnell in Frust umschlägt, als Emanuel keinen Bock hat, zu erzählen, was mit Mutter los war. Schnoddrig belässt er es bei der Bemerkung „viel Lärm um nichts". Inzwischen sei alles wieder paletti. Doro findet, gar nichts sei paletti. Die Aufzeichnung von 'Wunibald, der Regenwurm' sei geplatzt, der Grießmaier werde wohl nicht nur ihn, sondern auch sie nicht weiter beschäftigen.

Noch mehr Vorwürfe. Das hat Emanuel gerade noch gefehlt.

»Was Besseres kann dir doch gar nicht passieren, als den nervigen Redakteur und seine grenzdebile Story von der Backe zu haben«, witzelt Emanuel.

Doro gerät in Schnappatmung. Erstens sei es eine ganz entzückende Kindersendung, und zweitens bestreite sie mit dem 'Funk' immerhin ein Drittel ihrer Lebenshaltungskosten! Und drittens könne er Gift darauf nehmen: Nicht nur bei Grießmaier, auch bei den anderen Redaktionen im Sender hätten sie beide jetzt ausgesch...!

»Du meinst ausgeschleimt?«, grinst Emanuel. »Ich vielleicht. Aber auf dich steht er doch, der Grießmaier. Wenn du ihm ein bisschen um den Bart gehst, wird alles wieder gut.«

»Blödmann«, zischt Doro und lässt ihn stehen.

Regieassistentin Moni streckt den Kopf in die Teeküche: »Auf geht's – wir proben!«

Regisseur ist der 'dürre Erich', ein hochaufgeschossenes Junggenie mit Vollbart und müden Gesten, der wie eine geknickte Bohnenstange mit einem Bein über der Lehne in einem der abgewetzten Plüschsessel im Zuschauerraum hängt und in seinem Regiebuch blättert.

Sein Konzept lautet 'Gender Dialektik'. Was auch immer er damit meint. Jedenfalls werden die Liebesszenen nackt gespielt, auch bei den Proben. Emanuel hat trotz seiner unübersehbaren Wampe kein Problem damit, Doro mit ihrer perfekten Figur schon eher. Besonders jetzt nach dem unerfreulichen Disput. Für sie sind Liebesszenen und Nacktheit auf der Bühne, sollten sie mehr sein als billiger Voyeurismus, eine Frage von Geschmack und Sensibilität der Beteiligten, was bei Emanuel offenbar nicht der Fall ist.

Auf der Bühne steht ein altmodisches Metallbett, in den zerwühlten Kissen und Decken sitzt Emanuel nackt und entspannt als Baal, eine Zigarette in der einen Hand, eine Schnapsflasche in der anderen. Neben ihm liegt Doro als Johanna, Baals Geliebte, bibbernd, weil's kalt ist, und mit hochgezogenem Laken ihre Blöße bedeckend, nicht nur, weil es so im Regiebuch steht.

Baal nimmt einen Schluck aus der Flasche und steckt die Zigarette in den Mundwinkel, dann streichelt er der abwehrenden Geliebten über Brust und Bauch.

Baal: »Weiß und rein gewaschen von der Sintflut lässt Baal seine Gedanken fliegen gleich wie Tauben über das schwarze Gewässer.«

Johanna schiebt seine Hand weg und durchwühlt verzweifelt die Bettlaken.

»So helfen Sie mir wenigstens, mein Leibchen suchen. Ich kann doch nicht so heim!«

Er bläst ihr den Zigarettenrauch ins Gesicht.

»Was! Du bist ja eine tolle Schnecke!«

Er will ihr einen Klaps geben, sie dreht sich schnell weg und bedeckt sich wieder mit dem Laken.

Baal: »Du hast ja anscheinend gar nichts davon gehabt!«

Johanna sucht weiter nach dem Hemdchen.

»Dass Sie so gemein sein können!«

Emanuel packt sie am Arm und zieht sie zu sich.

»Gib mir doch einen Kuss.«

Er versucht sie zu küssen, die Zigarette im Mundwinkel kommt ihm in die Quere.

Doro fällt wütend aus der Rolle.

»Dann tu endlich diese Kippe weg, du Komiker!«

Unten im Zuschauerraum wird der Regisseur lebendig und schreit: »Stopp!«

Mit einer Behändigkeit, die man seinem Phlegma nie zugetraut hätte, hüpft er über die Stuhlreihen im Parkett und auf die Bühne.

Doro wickelt sich ins Laken und legt empört los.

»Das ist doch total Scheiße mit der Zigarette, Erich! Am Schluss brennt mir der Idiot noch ein Loch ins Gesicht!«

Erich gibt ihr Recht: »Lass die Zigi weg, die Schnapsflasche genügt.«

»Wieso? Die Kippe passt doch total gut zu dem Typ. Er kann sie ja wegschmeißen, bevor er Johanna küsst.«

Vom Zuschauerraum mischt sich Moni ein.

»Geht nicht. Wegschmeißen bringt Ärger mit dem Brandschutz. Wenn die uns überhaupt die brennende Zigarette auf der Bühne genehmigen!«

Emanuel wird sauer. »Für welche Bürokraten spielen wir hier eigentlich?«

Erich winkt ab.

»Wie auch immer, Emanuel: Die Zigarette ist gestrichen. Und markier nicht den Macho. Baal ist ein genialischer Dichter, ein animalischer Urtyp, kein Proll.«

Doro nickt heftig: »Genau!«

Emanuel wird sauer. »Sie gibt das piepsende Seelchen, und ich soll mich reduzieren. Da schlafen dem Publikum doch die Füße ein.«

Doro ist einschnappt.

»Jetzt reicht's! Johanna ist keine Zicke, sondern das Opfer eines sexuellen Missbrauchs!«

Emanuel lacht theatralisch auf: »Me too.«

Erich ermahnt ihn. »Bleib sachlich!«

»Ist doch wahr! Sie hat doch genauso ihren Spaß gehabt wie Baal, aber jetzt bekommt sie Muffensausen wegen ihres Verlobten!«

Erich winkt ab.

»Moment! Es geht um mehr: Um Johannas enttäuschte Erwartung, ihre verlorene Unschuld, um Baals brutalen Narzissmus, da sind Welten, die hier aufeinander krachen!«

»Dann soll sie das auch spielen. Ich brauch mehr als ein paar Kulleraugen, um zu reagieren!«

Doro schnappt nach Luft, doch der Regisseur bringt sie mit einer Geste zum Schweigen.

»Baal reagiert nicht! Baal will auch keine Mädchen schänden. Baal ist jenseits von jeder bürgerlichen Moral.«

»Da hab' ich den Text aber anders verstanden!«, widerspricht Emanuel.

Doro steht auf und will gehen.

»Wo willst du hin?«, fragt Erich.

»Ich ziehe mir was über. Sonst bekomme ich noch eine Blasenentzündung.«

Erich wird laut.

»Du bleibst hier!! Alles auf Anfang!«

Er springt von der Bühne, Emanuel und Doro setzen sich wieder ins Bett.

Emanuel knurrt: »So stimmt die Szene einfach nicht!«

Doro flüstert:

»Ich weiß auch warum.«

Emanuel sieht sie fragend an.

»Mit so einem Arschloch hätte sie nie gefickt.«

Pralles Leben auf der Straße: Nachtschwärmer vor den Dönerbuden, Musik aus den Bars und Publikumsandrang zur Spätvorstellung vor einem Multiplex-Kino. Doro kommt eilig aus der 'Rampe', umkurvt eine Rauchergruppe vor der benachbarten Kneipe und hämmert die High-Heels ins Pflaster, um ihre U-Bahn noch zu erreichen. Wenige Sekunden später folgt Emanuel und holt sie nach einem kleinen Zwischenspurt ein.

»Kommst du mit auf einen Schluck ins Bräuhaus?«

Doro verlangsamt ihren Schritt keinen Deut.

»Wer geht mit?«

»Ich.«

»Und sonst keiner? Nö du, ich bin müde.«

Emanuel rennt ihr einen halben Schritt voraus und blickt ihr ins Gesicht.

»Nein. Du bist sauer. Kann ich sogar verstehen.«

Sie sieht ihn spöttisch an: »Ach nee.«

Sie gehen eine Weile nebeneinander her, schlängeln sich zwischen langsameren Passanten durch, ohne dass ein Wort fällt. Emanuel macht einen neuen Anlauf.

»Die haben ein Einsatzkommando auf sie losgelassen.«

Doro wirft ihm einen irritierten Seitenblick zu.

»Wer auf wen? Wovon redest du?«

»Die Bullen auf meine Mutter. Sorry, dass ich dir die Geschichte nicht gleich erzählt habe. Aber nicht vor allen Andern. Zudem war ich ziemlich angefressen nach dem ganzen Heckmeck.«

Sie bleibt stehen.

»Gut. Gehen wir auf ein Glas. Aber nicht ins Bräuhaus. Dort ist es zu laut.«

Sie betreten eine einfache Bar. Hinter dem Tresen spült ein Kellner Biergläser und summt den italienischen Gassenhauer mit, der gedämpft aus der Box tönt. Um einen der vier Bistrotische haben Jugendliche die Stühle zusammengerückt und unterhalten sich lauthals. Doro und Emanuel verziehen sich an einen Ecktisch ganz hinten im Raum. Der Kellner bringt ihnen die Speisekarte.

»Du bist eingeladen«, sagt Emanuel.

»Danke. Aber ich zahl selbst.«

Emanuel zuckt beleidigt die Schultern. »Wie du willst.«

Sie warten schweigend, bis der Kellner wiederkommt und die Bestellung aufgenommen hat.

Dann bricht Emanuel das Schweigen.

»Das mit dem 'Regenwurm' ist blöd gelaufen. Ich wollte dich nicht in Schwierigkeiten bringen.«

Sie schaut ihn kühl an. »Das hoffe ich doch.«

»Zuerst hat Mutter wirklich durchgedreht. Inzwischen sollte sie sich wieder beruhigt haben.«

»Wieso *soll*? Warst du nicht dabei?«

Emanuel vermeidet Doros Blick und wippt nervös mit dem Bein.

»So einfach ist das nicht, zwischen Mutter und mir ...«

Doro wartet auf weitere Erklärungen. Aber es kommt nichts.

»War's das, was du mir sagen wolltest?«

Er windet sich.

»Nein. Auch zwischen uns beiden ist es manchmal schwierig.«

Doro tut erstaunt.

»Ach.«

Sie macht es mir wirklich nicht einfach, denkt Emanuel. Moni, die Regieassistentin hatte ihn nach der Probe zur Seite genommen und erklärt, dass es so nicht weiterginge. Der andauernde Zoff zwischen Doro und ihm würde die Probenatmosphäre vergiften. Ob er nicht merke, wie verletzend er manchmal sei?

»Wir sollten uns endlich über unsere Rollen klar werden«, redet Emanuel erneut um den heißen Brei herum.

»Welche Rollen – die im Stück oder die ihm Leben?«, fragt Doro sachlich.

»Beide. Du kannst manchmal ganz schön nerven.«

Jetzt ist es raus. Doro lacht auf.

»Ach nee! Ich? Und was ist mit dir?«

»Ich weiß, dass ich zu dünnhäutig bin.«, gesteht Emanuel. Und löst bei Doro einen weiteren sarkastischen Lacher aus.

»Ein Sensibelchen! Ganz was Neues! Aber nur beim Einstecken. Nicht beim Austeilen! Ist dir eigentlich schon mal aufgefallen, was für ein Stinkstiefel du bist? Nicht nur auf der Bühne. Nichts macht dir mehr Spaß, als die Rampensau zu geben, sobald du ein paar Hanseln vor dir hast. Und das meist auf Kosten anderer, vorzugsweise von mir. Manchmal, da könnt ich dich ... stundenlang schütteln und schreien: Schau in den Spiegel, damit du endlich kapierst, was für ein Armleuchter du bist!«

Doro schnappt nach Luft. Zwei dicke Tränen stehen ihr in den Augen.

Emanuel betrachtet seine Fingernägel. Doro schnieft. Sie sucht nach einem Taschentuch.

Emanuel greift in seine Hosentasche und rückt ein zerknautschtes Papiertaschentuch raus: »Ist nur etwas zerdrückt, aber noch frisch.«

Doro betrachtet es verdutzt, nimmt es mit spitzen Fingern und wischt sich mit einer Ecke des Tuches eine Träne aus den Augenwinkeln. Holt dann einen Spiegel aus der Handtasche und prüft, ob ihr Make-Up verschmiert ist.

Emanuel schaut ihr zu wie ein geprügelter Hund.

Doro hebt den Blick und bemerkt seinen Gesichtsausdruck. Sie fängt an zu lachen.

»Was ist jetzt?«, fragt Emanuel irritiert.

Sie dreht den Spiegel, so dass er sich selbst sieht.

»Danke. Ich weiß schon, wie ein Armleuchter aussieht.«

»Das mein ich nicht! Schau dir deine Mimik an!«

Emanuel wirft einen flüchtigen Blick in den Spiegel. »Ja und?«

»Wie ein getretener Dackel!«, grinst Doro.

Er schaut jetzt doch hin, ist erst konsterniert, beginnt dann ironisch Grimassen zu schneiden.

Doro lacht lauthals.

Der Kellner kommt mit den Getränken und zwei Pizzen.

»Einmal Caprese, einmal Mare e Monti. Buon appetito.«

»Grazie«, sagt Emanuel und nimmt eine Schnitte in die Hand.

Doro lacht noch immer: »Hey! Das ist es!«

»Was ist was?«, mampft Emanuel irritiert.

»Genau! Baal, der große Dichter - ein Sklave seines Schwanzes, ein Egomane, der leidet wie ein getretener Dackel, wenn die Weiber ihn wieder einmal nicht verstehen und ihm zuleide ins Wasser gehen.«

»He – Moment! In dem Stück geht nur Johanna ins Wasser!«

Doro lässt sich nicht bremsen.

»... triefend vor Selbstmitleid, wenn er seinen besten Freund ins Verderben schicken muss ...«

Emanuel, der erst noch mitgelacht hat, schaut verständnislos.

»Und das findest du komisch?«

»Natürlich ist das komisch!«

Er nimmt einen Schluck Bier und rezitiert in machohaftem Tremolo:

»Gibt ein Weib, sagt Baal, euch alles her.

Lasst es fahren, denn sie hat nicht mehr!

Fürchtet Männer nicht beim Weib, die sind egal:

Aber Kinder fürchtet sogar Baal.«

Beide lachen.

Es hat aufgehört zu regnen. Der Minivan fährt in eine Rastanlage an der Grenze zu Österreich. Auf dem LKW-Parkplatz stehen die Fahrer in Gruppen zwischen den Trucks herum. Wagen der Zollfahndung parken mit eingeschalteten Blaulichtern am Fahrbahnrand, während Beamte Papiere und Ladungen von Fahrzeugen kontrollieren. Beni unterdrückt ein halblautes 'Scheiße'. Eigentlich wollte er die Alte hier einfach stehen lassen und sich für die Weiterreise einen Truck suchen. Doch wie's aussieht, muss er umdisponieren.

»So – da sind wir«, sagt die Fahrerin und stoppt den Minivan vor der Raststätte.

»Aufwachen, Oma«, ruft Beni, nimmt Frau Rehrls Reisetasche und die Krücken und steigt aus.

Frau Rehrl erwacht und sieht sich irritiert um.

»Wo samma?«

»In Kiefersfelden«, sagt die Frau etwas zu laut und überartikuliert, wie man zu Schwerhörigen und Begriffsstutzigen spricht. Sie zückt ihr Portemonnaie und gibt Frau Rehrl einen Zehneuroschein.

»Ich hab's ihrem Beni schon gesagt – wenn Sie bei der heiligen Jungfrau in Verona sind, zünden Sie bitte auch für meine Tochter eine Kerze an.«

Frau Rehrl betrachtet verständnislos den Schein in ihrer Hand.

»Was?«

Beni öffnet die Beifahrertüre und bietet Frau Rehrl die Krücken zum Aussteigen.

»Die Puppe kennt zu viele Macker. Aber det erzähl ick dir später, Oma«, sagt Beni und will ihr den Geldschein abnehmen. Sie haut ihm auf die Finger und steckt das Geld in ihre Jackentasche.

»I bin ned dei Oma!«

Beni grinst zur Fahrerin:

»Wenn se uffwacht, ist se janz meschugge.«

»Ich kenn' das von meiner Mama«, lacht die Fahrerin. »Wer weiß, wie *wir* mal im Alter werden!«

Beni wendet sich an die Fahrerin: »Und keene Sorge, det mit der Kerze ist jebongt.«

»Vergelts Gott!«, sagt die Frau und spricht dann wieder laut zu Frau Rehrl:

»Und glauben Sie mir, Sie wären nicht die erste, die ohne Krücken von einer Pilgerfahrt zurückkehrt!«

Frau Rehrl guckt sie entgeistert an. Dann hupt die Fahrerin und entschwindet. Beni hebt grüßend die Hand.

81

Vergeblich ruft Frau Rehrl hinterher: »Halt! Warten S'! Ich muss zu einem Taxistand!«

Ein kalter Wind bläst, und Frau Rehrl wird langsam wach.

»Gib mir meine Tasche!«

»Wieso, kann icke doch nehmen.«

»Gib sie her!«

Beni lässt sie auf den Boden plumpsen und geht ein paar Schritte weiter. Schwerfällig bückt sich Frau Rehrl, hievt die Tasche auf die Schulter und schlurft Richtung Gaststätte weiter.

Beni hebt den Daumen, um von einem ausfahrenden PKW mitgenommen zu werden. Der fährt vorbei, genauso zwei weitere Fahrzeuge. Ein alter VW-Bus, gesteuert von einem Langhaarigen, lässt beim Vorbeifahren eine fröhliche Dreiklanghupe erschallen, was Beni mit dem erhobenen Mittelfinger quittiert. Als sich ein Fahrzeug der Zollfahndung nähert, schließt er schnell zu Frau Rehrl auf und tut so, als müsste er sie am Ellbogen stützen.

»Lassen Se doch mir die Tasche trajen!«

Sie schüttelt seine Hand ab, hangelt sich langsam die Treppe zur Raststätte hoch. Der Geruch nach Gebratenem zieht wie eine Verheißung von Schlaraffenland in Benis Nase, und sein Magen fängt an zu meutern.

»Wie wär's, wenn Se uns eene Currywurst mit Pommes spendieren?«

»Warum sollte ich?«

»Ohne mir wär'n Se immer noch vor dem Gruftiheim.«

»Ohne dich säße ich jetzt im richtigen Taxi und wär scho fast in Verona!«

Pause. Beni merkt, dass er den Ball etwas flacher halten muss.

»Ick hab seit jestern nischt mehr jejessen. Ick fall gleich tot um.«

Frau Rehrl ist schweratmend auf der Hälfte der Treppe stehengeblieben. Mürrisch sagt sie: »Des wär a ned schad drum. Aber i bin ja koa Unmensch.«

Dienstfertig springt er herbei und nimmt ihr die schwere Tasche ab.

»Aber bild' dir bloß nix ei': Da is nix drin, was sich zum Klauen lohnt!«

Beni grinst: »Schade wa?«

Er rennt die Stufen hoch, um ihr die Eingangstüre aufzuhalten.

Im Schleichgang geht es zur Essensausgabe der SB-Kneipe. Beni nimmt ein Tablett vom Stapel.

»Wat wollen Se essen? Ick bring es Ihnen an' Tisch.«

Frau Rehrl nimmt Benis Wandlung skeptisch zur Kenntnis.

»Erst schauen, was es gibt.«

Sie stellen sich in die Warteschlange.

»Heißt du wirklich Beni? Oder ist das ein Pseudonym?«

»Wa? Ick heeße Ben!«

Sie blickt ihn zweifelnd von der Seite an. Wie auch immer.

»Und i bin d' Frau Rehrl.«

Der Gastraum der Raststätte ist trotz der späten Stunde noch gut besetzt, hauptsächlich von Truckern. Beni und Frau Rehrl sitzen allein an einem größeren Tisch. Während der Junge wie ein Schaufelbagger zwei Riesencurrywürste und einen Berg Pommes isst, bläst Frau Rehrl unlustig auf die heiße Suppe auf ihrem Löffel. Mit vollem und von Ketchup verschmiertem Mund plappert Beni gutgelaunt drauflos und lässt sich auch nicht von Frau Rehrls abweisender Reaktion den Appetit verderben. Genüsslich schildert er, was es mit der Kerzenspende der Fahrerin auf sich hat: »... sowat von krass, die Olle! Hat ein Mädel, det jeht uff'n Strich, weil se als Glatzenschneiderin keene Knete macht.«

»Schluck erst runter und red ned so gschert. I versteh gar nix.«

Beni grinst, schluckt runter, aber nur, um sich einen halben Satz später die nächste Ladung Pommes reinzuschieben.

»... ihre Tochter ist Friseuse, und weil sie dabei nix verdient, jeht se uff 'n Strich. Und wat macht de Mama? Jibt uns zehn Euro für 'ne Kerze in 'ner ollen Kirche!«

»Warum auch nicht, wenn die Frau daran glaubt?«

Ob so viel Unverstand regt sich Beni mächtig auf.

»Det ist prall! Wenn se will, dass det Mädel nisch länger wegen der Knete die Beene breit macht, muss sie die Knete *ihr* jeben, nischt der Kirche! Ist doch logisch!«

»Und des ois hat sie dir erzählt?«

»Wat denn! Ick denke mir doch sowat nisch aus!«

»Du schon.«, bemerkt Frau Rehrl bissig. Beni lässt sich nicht bremsen.

»De haben doch alle een' Knall, de Frommen. Kenn ick von meener Tante Erni. Wissen Se wat? Wir machen einfach Halbe-Halbe: drei für Sie, sieben für mich.«

»Kommt überhaupt nicht in Frage. Wenn die Frau das Geld für eine Kerze gespendet hat, kriegt sie eine Kerze. Und überhaupt - wieso sieben für di?«

»Icke hab det Jeschäft doch anjeleiert, da haben Se noch jepennt.«

»Aha! Geschäft! Was hast du denn noch angeleiert? Und wofür?«

»Na hören Se mal! Ick tu det doch nur, weil icke een jutes Herz habe!«

Zwei Trucker nähern sich mit vollen Tabletts dem Tisch. Frau Rehrl sortiert sie mit einem Blick in ihr Speditionsraster ein: Der eine jung und groß, mit Dreitagebart und Muckis, die jeden Hebekran überflüssig machen, aber im Herzen weich wie eine Butterbirne, der andere o-beinig, hager, mit Glatze, bestimmt schon über fünfzig, der jedem Boss aus dem FF sagt, was laut Tarifvertrag geht und was er sich an den Hut stecken kann.

Der Ältere fragt, ob am Tisch noch was frei sei, besser gesagt: er stellt es fest und beide setzen sich und greifen zum Besteck. Frau Rehrl wünscht: „Mahlzeit!" Beide, schon mit vollem Mund, wünschen „gleichfalls!".

Beni, der vor seinem leeren Teller sitzt und immer noch nicht satt ist, schaut neidisch auf die üppigen Fernfahrerportionen mit Schweinsbraten, Krautsalat und Knödeln. Die Trucker unterhalten sich über den Wetterbericht, der in Südtirol Schnee vorhergesagt hat. Der Jüngere meint, dass er keine Ketten dabeihabe. Sollte er aber, meint der Ältere, die Carabinieri verstünden da wenig Spaß. »Mitführrpflicht! Wenn sie dich ohne erwischen, bist du 300 Euro los und, was noch beschissener ist, du darfst keinen Meter mehr weiterfahren!«

»Die spinnen doch, die Italiener!«

Beinahe hätte Frau Rehrl sich eingemischt. Mit vierzig Tonnen Tomaten oder sonst einer Ladung verderblicher Ware am Brenner stehen zu bleiben, um erst mal Schneeketten zu organisieren: Die Nummer kommt ihr bekannt vor. Aber sie ist müde und gereizt. Der Schmerz in ihrer Hüfte hat wieder zugenommen. Eigentlich sollte sie sich hinlegen.

Vor dem Essen hatte sie die Wirtin am Tresen gebeten, ihr ein Taxi zu besorgen. Sie fragt sich nun, wo die Frau so lange bleibt. Entnervt legt sie den Löffel weg. Beni blickt hungrig auf den halbvollen Suppenteller, dann zu Frau Rehrl.

»Essen Se det nischt?«

Wortlos schiebt sie den Teller rüber, und Beni löffelt die Suppe auch noch aus.

Eine rundliche Pomeranze im Dirndl nähert sich mit rudernden Armen. »Des tuat uns leid, Frau Rehrl, aber die Taxizentrale hat g'sagt, vor morgen in der Früh' fahrt koaner nach Verona.«

Sie hebt bedauernd die Hände. Frau Rehrl reagiert verärgert. Ob es denn in der Nähe wenigstens eine Unterkunft gäbe? Auch das scheint nicht einfach zu sein. Die Zimmer im Rasthof seien ausgebucht, aber beim 'Neuwirt' drüben könne sie ja mal fragen.

»Tun Sie das!«, meint Frau Rehrl etwas spitz und merkt selber, dass ihr Ton nicht ganz angebracht ist.

Kaum ist die Wirtin weg, wendet sich Beni an die Trucker, die kauend der Unterhaltung gefolgt sind.

»Sorry – fahr'n Se nach Italien?«

»Wieso?«, fragt der ältere Trucker.

»Da könnten Se uns doch bis Verona mitnehmen!«

Frau Rehrl zischt Beni wütend an: »Was fällt dir ein! Ich trampe nicht!«

»Habt's ihr kein Auto?«, fragt der jüngere Trucker.

Beni, der nicht mehr viele Möglichkeiten sieht, aus dem momentanen Schlamassel herauszukommen, rutscht seinen Stuhl näher an die beiden ran.

»Klar haben wir ne Karre! Aber dat Jetriebe hat eben schlapp gemacht. Und ein Taxi jibt's och keens. Haben Se ja grad jehört. Um neun müssen wir in Verona sein.«

»Wieso das?«, übernimmt wieder der Ältere.

Beni beugt sich noch näher zu den beiden und flüstert diskret:

»Der Bruder von der Oma is jestorben. Schlaganfall. Heute früh ist die Beerdijung.«

»Unser herzliches Beileid!«, wendet sich der Ältere an Frau Rehrl, und der Jüngere versucht, ein mitfühlendes Gesicht zu machen.

Frau Rehrl, ohne die lästigen Hörgeräte, hat wieder einmal nur Bahnhof verstanden und wird sauer.

»Sog amal, Beni, was verzählst du da wieder?«

Beni mimt Verlegenheit.

»Es ist doch ... Wie sollen wir sonst nach Verona kommen ... Ich versuch doch nur ...«

Der ältere Fahrer unterbricht ihn.

»Normalerweise würden wir auch keine Anhalter mitnehmen. Aber unter diesen Umständen.«

»Die Frage ist nur«, fährt der jüngere an Frau Rehrl gewandt fort, »ob Sie mit ihren Krücken auf'n Bock naufkommen tät'n, äh, ich meine: ins Fahrerhaus?«

»Das ist nicht das Problem«, winkt Frau Rehrl ärgerlich ab, »mein verstorbener Mann ist auch LKW gefahren, aber ...«

Der ältere Trucker unterbricht sie und findet, es wäre wohl besser, wenn sein Kollege die beiden mitnehmen würde, dessen Truck sei neu und der Einstieg bequemer.

Frau Rehrl, die eigentlich wieder einmal klarstellen wollte, dass sie mit Beni weder verwandt sei, noch sonst etwas mit ihm am Hut habe, besinnt sich eines Besseren.

Warum nicht noch einmal auf der Stammstrecke mit einem Truck nach Italien fahren?

Warum sich der kleine Strolch plötzlich an ihren Rockzipfel hängt, fragt sie sich allerdings schon. Aber sei's drum: so kommt sie nach Verona und spätestens dort trennen sich dann die Wege.

»Wenn's Eahna koa Umständ ned macht. Dankschee«, lächelt sie dem jüngeren Fahrer zu.

»Passt scho!«, grinst der, und Beni ergänzt mit aufbauendem Lächeln zu Frau Rehrl, als hätte er Zeit seines Lebens bei der Bahnhofsmission gedient: »Keene Bange, det schaffen wir!«

Rauschend durch die Nacht

Nach der Aussprache in der Bar sind offenbar die Vorbehalte zwischen Doro und Emanuel ausgeräumt, und sie folgt ihm für einen 'Absacker' in seine Mansardenwohnung in einem renovierungsbedürftigen Schwabinger Altbau. Ausstaffiert mit Möbeln und Designerstücken vom Flohmarkt, mit Film- und Theaterplakaten an den Dachschrägen und ausgetretenen Perserteppichen, die er sich aus Nachlässen uralter Damen zusammengeschnorrt hat, ist 'seine Höhle', wie er sie nennt, fast schon ein wenig zu plüschig.

Doro zeigt sich beeindruckt und wartet auf dem neugepolsterten Loriot-Sofa auf Emanuel, der in der Küche rumwuselt.

»Nimmst du Zucker?«, schreit er, das Mahlwerk der Espressomaschine übertönend.

»Nein, höchstens ein paar Tropfen Milch.«

Ein rothaariger Kater, der irgendwo gepennt hat, nähert sich lautlos, streckt sich auf dem Teppich, wetzt kurz die Krallen an seiner Lieblingsstelle, die bis auf das Parkett durchgekratzt ist, und fixiert mit unergründlichem Katerblick die Störenfriedin auf dem Sofa.

»Ey! Du hast ja eine Katze!«

Doro versucht das Tier fingerschnippend anzulocken.

»Vorsicht! Carlo ist ein Kater und ein ziemlicher Macho«, tönt es aus der Küche.

»Was heißt das?«

»Er beißt und kratzt. Es ist sein Sofa.«

»Ich habe ein Händchen für Machos!«

Sie beugt sich zu Carlo. Der faucht, sieht sie mit gefährlich grünen Augen an. Doro hört mit dem Fingerschnippen auf, rutscht zurück und flötet leise: »Komm!« Der Kater setzt sich auf den Teppich, kratzt sich hinter dem Ohr und gähnt.

»Ich hab' dich gewarnt«, lässt Emanuel verlauten.

Doro tut, als ignoriere sie das Tier, betrachtet die Poster an der Wand. Der Kater wartet, dann springt er auf das Sofa. Doro weicht keinen Millimeter. Ohne weitere Umschweife legt er sich auf ihren Schoß.

Nach einer Weile traut sich Doro und streichelt ihn vorsichtig. Carlo beginnt zu schnurren.

»Na also«, sagt sie erleichtert.

Emanuel kommt mit zwei Espresso und zwei Schnäpsen zurück. Verblüfft über die Eintracht, die sich auf dem Sofa bietet, meint er: »Da kannst du dir aber was einbilden. Carlo ist total wählerisch bei Bekanntschaften!«

»Genau wie ich«, lacht Doro.

Emanuel setzt sich dazu.

»Auf den empfindsamen Baal«, sagt Doro und erhebt ihr Glas.

»Und seine bejammernswerte Johanna!«

»Jetzt müssen wir nur noch Erich von der neuen Konzeption überzeugen.«

»Du hältst besser eine Weile den Mund und überlässt das Quatschen Moni und mir!«, grinst Doro, »sonst redest du dich wieder um Kopf und Kragen.«

Auf der nächtlichen Brennerautobahn fegt der Wind dicke Flocken gegen die Panoramascheibe des Sattelschleppers. Zum Glück schmilzt der Schnee sofort auf dem Asphalt; offensichtlich ist es noch nicht kalt genug. Frau Rehrl starrt vom Beifahrersitz ins Schneegestöber. An Schlaf ist jetzt nicht mehr zu denken. Dafür wird im Blauen Zimmer des Hotels 'Raffaele' viel Zeit sein. Sie will ihre letzte Fahrt genießen. Dass diese ausgerechnet in einem Truck stattfindet, ist wirklich Ironie des Schicksals. Wie oft hat sie die Alpen überquert, als sie noch selber gefahren ist. Im Sommer, in Herbststürmen, zwischen meterhohen Schneebergen, beim Frühlingserwachen, wenn oben in den Bergen noch alles Weiß war und unten schon die Kirschen blühten. Draufgängerisch, wenn es eine Schlacht zu schlagen galt, voller Euphorie nach jedem gelungenen Abschluss und verzweifelter, als die Zahlen in den Bilanzen rot und röter wurden.

»Passt's?«, fragt der junge Fahrer.

»A super Fahrzeug!«, nickt Frau Rehrl, »Man sitzt wie in einem Rolls Royce!«

»Nur besser gefedert«, grinst der junge Fahrer.

Frau Rehrl lacht. Die Fahrt in dem nagelneuen LKW öffnet ihr Herz.

»Ein Euro 6«, fährt sie bewundernd fort. »sonst dürften S' nach 22 Uhr nimmer übern Brenner fahren!«

Der Fahrer wirft ihr einen erstaunten Blick zu. »Sie kennen sich aber aus!«

Frau Rehrl schweigt.

»I hob mi schon gwundert, dass Sie wie ein Oachkatzel auf den Bock naufkraxelt san! Wo haben Sie denn früher gearbeitet?«

»In Kirchdorf«, gibt Frau Rehrl einsilbig Auskunft.

»Aber doch nicht etwa bei der Firma 'Rehrl'?«

Beni, der es sich in der Schlafkoje hinter den Sitzen bequem gemacht hat, wird hellwach. Frau Rehrl zögert kurz. Das hat ihr gerade noch gefehlt.

»Wieso interessiert Sie das?«, fragt sie deutlich distanzierter.

91

»Weil ma von dera Firma scho einiges g'hört hat! Was haben S' denn da g'macht?«

Frau Rehrl fasst sich wieder und fällt zurück ins Bayrische: »Disponiert. Aber des is scho a Weile her.«

»San S' froh! Am Schluss war des a rechter Saustall.«

Von hinten mischt sich Beni ein: »Wat war denn da los?«

»Die Oide hat die Firma an die Wand g'fahren, und auf oan Schlag san 20 Kollegen auf der Straße g'standen!«

Beni beugt sich zum Fahrer vor.

»Wa?

Frau Rehrl blickt ärgerlich nach hinten. Beni ignoriert es.

Der Fahrer haut jetzt auf die Pauke: »Nix mehr hat s' auf die Reihe 'bracht, und nix hat sie sich sogn lassn. Halt a sture, oide Henna!«

Beni grinst. Das Wesentliche hat er verstanden. Eine sture alte Henne.

Frau Rehrl starrt scheinbar unbeteiligt ins Schneetreiben. Der junge Fahrer hat sich in Rage geredet und ist nicht mehr zu bremsen.

»… Eins darfst glaub'n: Heute gehört zur Logistik scho a bissl mehra als wie a paar Steigen Zucchini übern Brenner zu kutschieren!«

Zustimmung heischend sieht der Fahrer zu Frau Rehrl. Sie hat die Augen geschlossen und scheint zu schlafen.

»Und wat ist aus ihr jeworden?«, will Beni wissen.

»Gsund gstoßen wird sie sich ham! Kennt man doch: a Häusl auf Mallorca, a Konto in der Schweiz. Die Dummen san ollweil die, wo d' Arbeit g'macht haben. Is doch so!«

Beni ist beeindruckt. Soviel Chuzpe hätte er der Alten nie zugetraut.

In Emanuels Dachwohnung ist es offenbar nicht bei dem einen Schnaps geblieben. Doro, kichernd, mit halboffener Bluse, nimmt Emanuel wie eine Gottesanbeterin mit beiden Beinen in die Zange, schlingt ihre Arme um seinen Hals, dockt an seine Lippen an und lässt sich in die Sofakissen sinken. Halb zieht sie ihn, halb fällt er hin. Fauchend verzieht sich der drangsalierte Kater von seinem Schlafplatz. Emanuel versucht, den Schließcode ihres BHs zu knacken. Vergeblich. Das rhythmische Stampfen von Ravels Bolero auf dem alten Grammophon steigert sich langsam zum ohrenbetäubenden Crescendo.

»Wie geht denn der Scheißverschluss auf?«, schreit Emanuel dagegen an.

Doro kichert und doziert mit schwerer Zunge: »Nur wer das Rätsel löst und alle Hindernisse überwindet, wird mit dem heiligen Gral belohnt.«

Von der unteren Wohnung klopft jemand mit dem Besenstiel energisch gegen die Decke. Emanuel, die Hose schon auf Halbmast, löst sich aus Doros Umklammerung.

»Ist ja gut, Frau Peteranderl!«, ruft er, hüpft auf einem Bein zum Plattenspieler, verheddert sich beim Versuch, Hose und Unterhose ganz abzustreifen und fällt auf die Nase. Doro bekommt einen Lachanfall. Das Klopfen von unten wird energischer.

»JAAA!«, schreit Emanuel, rappelt sich hoch und dreht die Musik leiser.

Er kehrt mit blankem Popo zum Sofa zurück, wo Doro sich noch immer nicht einkriegt. Emanuel bleibt ernüchtert stehen.

»Was ist da so komisch?«

Mit einem schnellen Blick erkennt Doro das Problem. Um die Sache wieder ins Lot zu bringen, befreit sie sich vom BH und zieht Emanuel wieder auf das Sofa.

Doch obwohl sie sich leidenschaftlich an seine Brust wirft, lässt er sich gerade mal zu einem mechanischen Streicheln ihrer Schulter herab.

»Jetzt gib doch nicht die beleidigte Leberwurst«, flüstert Doro.

Weil ihr plötzlich die ungewollte Anzüglichkeit der Bemerkung auffällt, fängt sie wieder an zu glucksen.

Emanuel löst sich aus der Umarmung und greift nach einer Zigarette. Doro legt ihre Hand auf sein Knie.

»Sorry, Emanuel, ich bin doof.«

Sie zieht eine Schnute wie ein kleines Kind, dem die Eiswaffel in den Dreck gefallen ist. Dann beißt sie zerknirscht auf die Lippen, presst die Knie zusammen und klimpert wie ein Backfisch mit den Augenlidern. Er macht wieder seinen Dackelblick.

Beide brechen in Lachen aus. Energisch packt Emanuel zu und wirft die kreischende Doro beherzt in die Kissen.

Verona ist noch nicht erwacht, als der Sattelschlepper auf der Uferstraße mit seufzenden Druckbremsen zum Stehen kommt. Der Fahrer und Beni helfen Frau Rehrl vom Bock auf die Promenade, was der alten Frau, trotz ihres Handicaps, überraschend behände gelingt.

Als der Truck weg ist, setzen sich die beiden auf eine steinerne Bank, um zu warten, bis die ersten Cafés aufmachen. Die Strahlen der aufgehenden Sonne und die wallenden Nebelschwaden über der Etsch lassen die mittelalterliche Stadt am anderen Ufer wie einen unwirklichen Spuk erscheinen. Es wird ein warmer Tag werden, aber noch ist es empfindlich kühl. Frau Rehrl hält Beni eine Keksrolle hin, die sie in den unergründlichen Tiefen ihrer Handtasche gefunden hat. Beni nimmt sich gleich drei Lagen. Sofort sind ein paar Spatzen da. Er wirft ihnen ein paar Krümel hin und amüsiert sich köstlich über ihr Flattern und Streiten.

»Geil! Haben Se det jesehn? Einfach wechjeschnappt!«

Frau Rehrl starrt gedankenversunken auf das träge fließende Wasser.

Benis Heißhunger ist erwacht, er nimmt sich noch zwei Kekse. Frau Rehrl reagiert nicht, scheint ziemlich fertig zu sein von der langen Fahrt. Irgendwie tut sie Beni leid. Aber wenn das wirklich so ist, wie der LKW-Fahrer gemeint hat, von wegen fetter Knete in der Schweiz und Halligalli auf Malle? Er beißt in einen Keks und ignoriert die erwartungsvollen Spatzen.

»Det Leben is Scheiße, wa?«, mampft er Frau Rehrl von der Seite an.

Diese wendet den Kopf zu ihm und fragt nach einer kleinen Pause:

»Wie oid bist du überhaupt, Beni?«

»Ick heiße Benjamin und bin achtzehn!«

»Koane sechzehn! Und jetzt erzählst' mir zur Abwechslung mal die Wahrheit.«

»Wat denn für ne Wahrheit?«

»Zum Beispiel, warum du von zuhause abghaut bist.«
Beni verdreht die Augen.

»Wissen Se wat? Se ham keene Ahnung.«

Frau Rehrl sieht ihn abwartend an. Er schüttelt traurig den Kopf:

»Icke hab keen Zuhause. Ick bin auf der Flucht!«
Ungläubig zieht Frau Rehrl die Stirn in Falten.

»Die wollen mir ins Heim stecken!«

»Aha! Des hob i mir glei' denkt, dass du was ausgfressen hast.«

Beni wird heftig.

»Nischt, wat Se denken! Ins Waisenhaus!«

»Geh!«

Beleidigt wendet sich Beni ab und stiert auch auf den Fluss. Frau Rehrl bietet ihm einen Keks an und gönnt sich auch einen. Schließlich bricht es aus ihm heraus:

»Weil meine Mama jestorben ist!«

»Verzähl koan Schmarrn! Mit 18 kommt man nimmer ins Waisenhaus!«

»Icke schon! Ick bin ja noch nischt janz 18.«

»Und was willst du jetzt tun?«

»Zu Frank fahren. Det ist mein großer Bruder. Der eenzije Mensch uff dem Scheißplaneten, der keen Knallkopp is. Er hat mir sogar det Autofahrn jelernt.«

Frau Rehrl erinnert sich.

»Des hob i mir glei' denkt, dass des koa Fahrschul war.«

Beni nestelt in seiner Umhängetasche und bringt eine Postkarte zum Vorschein, auf der ein junger Mann in weißer, goldbetresster Uniform vor dem mächtigen Bug eines Kreuzfahrtschiffes posiert.

»Icke kriech ooch so eene Uniform, hat Frank jesacht.«

Frau Rehrl nimmt die Karte und betrachtet das Foto.

»Und des is dei Bruder? Is der Matrose?«

Beleidigt nimmt Beni ihr das Foto weg.

»Wat denn! Erster Offizier! Und det hinten ist die 'Queen', 272 Meter lang, 22 Knoten schnell und 3470 Passagiere!«

Frau Rehrl ist nicht überzeugt.

»Und auf so einem Schiff willst du anheuern? Braucht man da ned a Qualifikation, irgendeine Ausbildung?«

Beni dreht die Karte um und deutet auf den Text auf der Rückseite.

»Wann immer ick will, schreibt Frank, ick muss nur nach Liforno kommen.«

Frau Rehrl sieht ihn skeptisch an.

»Und des is jetzt koane von deinen Lügengschichten?«

Beni gibt sich beleidigt.

»Wat fragen Se, wenn Se es eh nisch globen?«

Frau Rehrl packt den Rest der Kekse in die Tasche.

»Is ja wurscht, was i glaub und was ned. Jetzt muss i weiter.«

Sie steht auf. Beni greift nach der Reisetasche.

»Wenn Se mir ne Coke spendieren, trag ick det Jepäck.«

Sie gehen zur Brücke, die in die Altstadt führt. Inzwischen steht die Sonne ein Stück höher am Himmel, reger Verkehr hat eingesetzt.

»Des is aber das Letzte, was i dir spendier'. Dann trennen sich unsere Wege!«

Beni nickt.

»Klaro. Wat wollen Se eigentlich in Verona?«

»Beten. Und auf die Beerdigung von meinem Bruder gehn.«

Er grinst.

»Det hab ick nur jesagt, damit der Brummi uns mitnimmt. Ohne mir wären Se jetzt immer noch im bekifften Kieferpferden oder wie det heißt.«

Frau Rehrl überhört es.

»Mei Hotel is glei da vorn. Und die Kirche Sant' Anastasia auch.«

Böses Erwachen

Emanuel und Doro liegen zusammengekuschelt im tiefen Schlummer (vor fünf Uhr morgens war an Schlafen nicht zu denken), Carlo hat sich auf dem Kopfkissen dazwischen breit gemacht. Um sechs Uhr dreißig fängt Emanuels Handy an zu dudeln. Der Verwalter des Seniorenzentrums Süd will wissen, ob Frau Rehrl bei ihm sei? Emanuel braucht ein paar Sekunden, bis er begreift, dann ist er hellwach und stocknüchtern.

Als er angezogen aus dem Bad kommt, wetzt der Kater die Krallen, diesmal am Bettsockel. Doro fragt, was los sei. Er küsst sie. Eigentlich hätte er ihr ja ein Sektfrühstück ans Bett bringen wollen, sagt Emanuel (zwei Piccolos stehen für alle Fälle immer im Kühlschrank). Er erzählt ihr, seine Mutter sei spurlos aus dem Heim verschwunden. Die Nachtschwester habe sie noch im Taxi wegfahren sehen. Die naheliegende Vermutung, dass sie nach Hause zurückgekehrt sei, habe sich aber nicht bestätigt. Eine Polizeistreife habe niemanden im Haus vorgefunden.

»Was willst du jetzt machen?«, fragt Doro.

»Mit dem Pflegepersonal reden. Vielleicht hat sie ja etwas gesagt. Und mit der Polizei.«

Mutter könne sich doch nicht einfach in Luft aufgelöst haben.

Doro sitzt nackt im Bett und hat sich – wie die Johanna bei Baal – ins Bettlaken eingewickelt. Emanuel grinst.

»Dein Hemdchen musst du leider alleine suchen. Ich muss los.«

»Sieh zu, dass du sie findest«, sagt Doro ehrlich besorgt.

Er nimmt sie in den Arm und haucht ihr ins Ohr:

»War süß mit dir. Frühstück gibt's nächstes Mal.«

Emanuel kommt aus dem Aufzug und sieht sich suchend um. Im Flur der Pflegestation sitzen in einer Nische mit Tischen und Stühlen ein paar alte Menschen in Bademänteln oder Jogginganzügen, einige mit toten Blicken, andere sabbernd, weggedämmert und viele offensichtlich dement. In einem Zimmer im Hintergrund schreit jemand. Eine Dame, die einzige, die noch irgendwie ansprechbar scheint, mustert ihn neugierig. Der Gedanke, dass seine Mutter jetzt eigentlich genauso hier sitzen sollte, mal eben für ein paar Wochen, bis man dann weitersieht oder auch nicht, durchzuckt ihn wie ein Nadelstich. Schnell verdrängt er die Irritation und fragt die Dame, die ihn freundlich anlächelt, nach der Stationsschwester.

»Die da!«, sagt die Frau, »Schwester Elsi!« und weist auf eine Pflegerin, die aus einem Zimmer kommt und sich an einem Wagen mit Pflegeutensilien zu schaffen macht. Emanuel bedankt sich.

»Guten Tag, ich bin der Sohn von Frau Rehrl.«

Elsi lässt sich nicht von der Arbeit abhalten.

»Die Verwaltung ist im Erdgeschoss.«

»Mit dem Verwalter habe ich schon …«

»Mehr habe ich Ihnen auch nicht zu sagen«, unterbricht die Pflegerin.

»Sagen Sie, ist es normal, dass hier jemand einfach so verschwindet?«

Elsi sieht ihn genervt an.

»Das hier ist ein Seniorenheim und kein Hochsicherheitstrakt. Wenn Sie das meinen.«

100

Sie löst die Bremse des Wagens und fährt ihn zur nächsten Tür, nimmt Handtücher, Waschlappen und eine Waschschüssel und geht ins Zimmer. Emanuel folgt ihr bis zur Tür.

»Verstehen Sie mich bitte nicht falsch. Ich will keinen Stress machen, aber ich wüsste doch gerne, ob meine Mutter noch irgendwas gesagt hat, bevor sie ...«

Im Zimmer sitzt Frau Gruber, die ehemalige Zimmergenossin von Frau Rehrl, an der Bettkante mit dem Frühstückstablett und schmiert Erdbeermarmelade auf die Platte des Klapptischs. Dabei hat sie sich selbst vollgekleckert. Auf dem Boden liegt die heruntergefallene Kaffeetasse in einem braunen Tümpel. Elsi legt die Waschutensilien auf das Bett, hebt die Tasse auf und nimmt der Frau das Tablett weg.

»So Frau Gruber, wenn Sie nur rumschmieren, gibt's keine Marmelade mehr zum Frühstück!«

Sie trägt das Tablett raus. Emanuel folgt ihr zum Wagen mit dem Geschirr.

»Ich weiß, Sie haben zu tun, ich will Sie auch nicht aufhalten, aber hat meine Mutter vielleicht eine Andeutung gemacht, wo sie hinwollte?«

Die Pflegerin holt ein frisches Nachthemd aus dem Wäscheschrank. Ihr Tonfall ist nicht mehr so abweisend.

»Mir gegenüber bestimmt nicht. Und ihre Zimmernachbarin Frau Gruber ...«, sie deutet mit einer vielsagenden Kopfbewegung ins Zimmer.

Sie überlegt kurz. »Es sei denn, man interpretiert die Tabletten als Hinweis.«

»Was für Tabletten?«, fragt Emanuel irritiert.

»Dormidol. Hat man Ihnen das nicht gesagt?«

»Nein.«

»Ein starkes Schmerz- und Schlafmittel. Einige Packungen aus dem Medikamentenschrank hat sie mitgehen lassen. Das reicht für einen Elefanten. Aber jetzt müssen Sie mich bitte entschuldigen.«

Die Pflegerin geht ins Zimmer und schließt die Türe hinter sich.

Geschockt bleibt Emanuel stehen. Klar, dass es Mutter hier keine vierundzwanzig Stunden ausgehalten hat. Klar auch, dass ihre Hüfte ganz schön schmerzt, nach alldem, was sie sich seit ihrer Flucht aus der Reha zugemutet hat. Aber sich mit so vielen Pillen zuzudröhnen, entspricht nicht Mutters Art. Es sei denn, sie hat damit was anderes vor. Panik ergreift Emanuel.

Die junge Polizistin hinter dem Tresen lässt sich nicht aus der Ruhe bringen, auch wenn Emanuel inzwischen geladen ist wie eine Haubitze. Lauthals fordert er eine sofortige Suchaktion „mit Hubschraubern, Wärmebildkameras, Spürhunden und dem ganzen übrigen Gedöns".

»Dazu«, sagt die Polizistin etwas zu betont sachlich, »müsste man erst wissen, wo man suchen muss. Haben Sie denn schon alle Verwandten, Freunde und Bekannten ihrer Mutter angerufen? Vielleicht ist sie ja bei jemandem aufgetaucht.«

»Und warum fragt die Polizei nicht einfach den Taxifahrer, wo er sie abgesetzt hat?«

»Auf diese Idee sind wir natürlich auch schon gekommen«, erklärt die Beamtin etwas pikiert, »nur leider gibt es in den Aufzeichnungen der Zentrale keinen Fahrer, der zur fraglichen Zeit jemanden vor dem Seniorenheim aufgenommen hätte.«

»Und was ist, wenn es ein Fahrer von außerhalb, von Tölz oder Rosenheim war?«

Ein älterer Polizist, der am Computer im Hintergrund arbeitet, steht auf und mischt sich ein.

»Jetzt sag ich Ihnen mal etwas, Herr Rehrl: Wissen Sie, wie viele der Personen, die als vermisst gemeldet werden, spätestens nach zwei, drei Tagen putzmunter wieder auftauchen? Über 90 Prozent!«

»Danke für den Hinweis«, sagt Emanuel, seine Wut nur mühsam im Zaum haltend, und geht.

»Selbstverständlich melden wir uns, sobald wir etwas Neues erfahren«, ruft der Polizist noch hinter ihm her.

Beni findet die Basilika Sant' Anastasia megageil. Seit er als Kind von der frommen Tante in die Heiligen Messen geschleppt wurde, hat er keine Kirche mehr von innen gesehen. So eine schon gar nicht. Im Dämmerlicht, zwischen turmhohen Säulen, schleicht er hinter Frau Rehrl durch die gotische und barocke Pracht, entdeckt steinerne Zwerge, die eine Kanzel und ein Taufbecken auf ihren gekrümmten Buckeln tragen. Engel, die in wallenden Gewändern wie beim Bodyflying durch die Lüfte sausen, riesige Gemälde mit Gekreuzigten, Bischöfen und bärtige Heilige, mit frommen Frauen, die züchtig ihre Blicke senken, viel Volk und irgendwo sogar zwei Typen, die am Galgen baumeln.

Hinter einer Säule bleibt Frau Rehrl vor einem mächtigen Thron stehen, auf dem eine Madonna als Königin im weiten Mantel neben einem Jungen im weißen Nachthemd sitzt, der wie sie eine Krone auf der braven Frisur trägt und blasiert hinabblickt auf hunderte flackernde Teelichter und zwei betende alte Frauen, die etwas verloren in den langen Bänken davor knien.

Beni betrachtet die Madonna und versucht, den Ausdruck des pausbäckigen Jesuleins nachzuahmen. Frau Rehrl schiebt den Zehn-Euroschein in den Schlitz des Opferstocks zu Füßen der Gipsfiguren und nimmt ein frisches Teelicht aus dem Regal.

»Haben Se ne Meise?«, sagt Beni laut in die Stille, »Zehn Piepen für det Teelicht!«

Eine der Beterinnen dreht sich nach den beiden um.

»Psst!«, macht Frau Rehrl und flüstert: »Des san doch die zehn Euro von der Frau!«

Beni zeigt auf das Schild am Opferstock und zischt etwas leiser: »Da steht aber fuffzig Cent!«

»Es geht ums Opfer, ned ums Geld.«

Das ist etwas Neues für Beni. Er überlegt.

»Wer mehr jibt, dem wird och mehr jeholfen? Is et det?«, will er wissen.

Frau Rehrl schüttelt den Kopf.

»Schmarrn. Die innere Haltung ist entscheidend.«

»Wat denn?«

»Dass man fest daran glaubt, zum Beispiel«, erwidert Frau Rehrl. Sie entzündet das Teelicht, setzt sich zu den Beterinnen in die Bank und schließt, von Müdigkeit und Erinnerungen übermannt, die Augen.

Francesco entzündet mit seinem Zippo ein Teelicht und stellt es zu den anderen Lichtern vor die Madonna. Dann legt er Angelika einen Arm auf die Schulter und flüstert: „Facciamo risplendere il nostro amore." Unsere Liebe soll leuchten. Sie lächelt und küsst ihn auf den Mund. Ein Messner, der im Hintergrund mit einem Wedel die pausbäckigen Engel, eines mit Gipsfiguren, Kerzenständern und gewundenen Säulen überladenen Altars abstaubt, hustet demonstrativ. Angelika erschrickt, nimmt Francescos Hand und läuft mit ihm kichernd durch das Kirchenschiff davon. Der Messner bekreuzigt sich und setzt seine Arbeit fort.

Beni zieht eine Euromünze aus der Hosentasche, zeigt sie der Madonna, bevor er sie in den Opferstock wirft.

»Von mir. Damit det och klappt mit Frank!«, spricht er halblaut.

Dann setzt er sich neben Frau Rehrl.

»Jehn wir jetzt wat schnappen?«

Frau Rehrl reagiert nicht. Mit geschlossenen Augen, halb offenem Mund, das Kinn auf der Brust, gleicht sie dem toten Jesus, der wenige Meter hinter ihr am Kreuz hängt.

Benis Magen knurrt vernehmlich. Eine Cola und eins von diesen italienischen Riesenbaguettes mit Salami wäre jetzt genau das Richtige. Er betrachtet die schlafende Frau Rehrl, der mit jedem Atemzug ein leises Seufzen entweicht, als trüge sie eine schwere Last auf ihren Schultern.

Sieht nicht so aus, als wollte sie gleich aufbrechen, denkt Beni. Er könnte jetzt einfach gehen. Sie will ihn ja eh loswerden, hat sie gesagt. Der Huni, den er ihr abgeluchst hat, dürfte bis Livorno reichen, wie weit das auch immer ist.

Andererseits: versprochen waren 800. Ohne ihn hätte sie es nie bis Italien geschafft, kaputtes Taxi hin oder her. Eigentlich steht ihm das Geld jetzt zu.

Frau Rehrls Handtasche ist von ihrer Schulter gerutscht und liegt zwischen ihnen auf der Bank. Beni blickt sich um. Die eine Beterin ist verschwunden, die andere sitzt zwei Reihen hinter ihnen, mit geschlossenen Augen und einem Rosenkranz in den Fingern. Lautlos bewegt sie die Lippen, alle paar Sekunden lässt sie eine Perle durch ihre Finger rutschen. Beni klickt mit zwei Fingern den Verschluss von Frau Rehrls Tasche auf und lässt die Hand langsam hinein gleiten. Den Blick lässt er nicht von Frau Rehrls Gesicht, um beim geringsten Anzeichen von Erwachen sofort zu reagieren. Die Finger graben sich durch Taschentücher, Haarbürste, Bonbontüten, Spiegel, Puderdose, Medikamentenschachteln, Cremes und Tuben. Unglaublich, was Frauen so mit sich führen. Schließlich findet er den Geldbeutel. Er ertastet

mehrere Karten, lässt sie stecken, im Notenfach sind zwei Scheine. Er zieht sie heraus. Nur ein Fünfzig- und ein Zwanzigeuroschein. Das darf nicht wahr sein! Da müssten noch mindestens 800 mehr drin sein. Wo zum Teufel hat sie ihr Geld versteckt? Oder hat sie nur geblufft?

Frau Rehrl seufzt schwer und legt den Kopf auf die andere Seite. Beni erstarrt zur Salzsäule. Als sie nach einigen Sekunden wieder ihr schwaches Seufzen aufnimmt, lässt er seine Hand weiter durch die Tasche gründeln wie ein hungriger Haubentaucher. Da! Ein Reißverschluss im Innenfutter. Er öffnet ihn lautlos. Bingo! Ein Bündel Hunderter! Mit einer schnellen Bewegung lässt er das Geld in seiner Jacke verschwinden und den Verschluss der Handtasche zuschnappen.

Er blickt sich um. Die Beterin hinter ihm hat die Augen offen und glotzt ihn an. Scheiße. Ist die Alte doch nicht so meschugge, wie sie aussieht? Gleich schlägt sie Krach. Bloß weg hier.

Beni steht auf, schlägt ein Kreuz, macht eine angedeutete Kniebeuge, wie er es vorher bei anderen gesehen hat, lächelt der Beterin hinter ihm freundlich zu und geht los. Doch dann fällt eine der angelehnten Krücken polternd zu Boden. Frau Rehrl fährt aus dem Schlummer hoch. Beni erstarrt.

»Wart halt! I komm scho!«, sagt sie leise und schiebt sich den Riemen ihrer Handtasche zurück auf die Schulter.

Jetzt cool bleiben. Beni widersteht dem Impuls, einfach loszulaufen. Er hebt die Krücke auf und hält sie Frau Rehrl hin, als sie sich ächzend aus der Bank schraubt, und trägt ihr die Reisetasche.

Das kleine Hotel 'Raffaele' liegt fein herausgeputzt in einer Seitengasse, zum Glück nur wenige Meter von der Kirche entfernt. Viel weiter hätte es Frau Rehrl nicht mehr geschafft. Ihre Hüfte sticht bei jedem Schritt, ihr Kopf hämmert, vor Müdigkeit kann sie sich kaum noch aufrecht halten. Inzwischen brennt die Sonne vom Himmel, der Betrieb in den Gassen ist laut und das Gedränge der Passanten unerträglich geworden. Wahrscheinlich liegt es an den Hörgeräten, die sie, ganz entgegen ihrer Gewohnheit, nicht abgeschaltet hat.

Beni gibt sich wortkarg, aber wenigstens trägt er ihre schwere Tasche.

Als sie vor dem Hotel 'Raffaele' stehenbleibt, hat er es plötzlich eilig. Er müsse los, den Tag nutzen, um noch möglichst weit Richtung 'Liforno' zu kommen. Frau Rehrl wundert sich. Ob er sich nicht erst mal stärken wolle? Das Hotel sei bekannt für ein tolles Frühstück. Beni übergibt die Tasche dem Hotelier, der die beiden bemerkt hat und ihnen die Tür aufhält.

»Nee, danke ...«, druckst Beni herum. Er werde unterwegs etwas essen.

»Wie du willst«, sagt Frau Rehrl, und noch bevor sie sich richtig verabschieden kann, ist er weg.

Am Tresen füllt Frau Rehrl die Anmeldung aus. Ob es das 'Blaue Zimmer' noch gebe, fragt sie den Mann, einen sympathischen Vierzigjährigen, der am Revers ein Schild 'L. Raffaele, Manager' trägt.

»Das 'Blaue Zimmer'?«, lächelt er. »Dann ist es schon eine Weile her, dass Sie bei uns waren, Signora.«

Er nimmt einen Hotelprospekt aus dem Ständer und deutet auf das Foto eines ganz in Blau gehaltenen Zimmers mit einem romantischen Doppelbett, über das sich ein Himmel aus blass lila Seide spannt. »Sie meinen, den *Septimo Cielo*, unser Hochzeitszimmer?«

Sie betrachtet mit unbeteiligter Miene das Bild. *Siebter Himmel*? Warum konnte es nicht einfach *blau* bleiben, denkt sie.

Als hätte er ihren Gedanken gelesen, sagt Raffaele: »Als ich das Haus von meinem Vater übernahm, haben wir es renoviert, uns aber bemüht, das Ambiente zu erhalten.«

Frau Rehrl sagt knapp, dieses Zimmer würde sie gerne nehmen.

Raffaele denkt sich seinen Teil und lächelt: »Unser bestes Zimmer Signora. Wie lange möchten Sie denn bleiben? Bis Samstag ist es frei.«

Sie bleibe nur eine Nacht, sagt Frau Rehrl und möchte auch gleich bezahlen.

»Wie Sie wünschen, Signora. 250 Euro mit Frühstück.«

Frau Rehrl greift zum Portemonnaie. Sie stutzt. Das Fach mit den Noten ist leer. Sie sucht nach den Geldscheinen in der Handtasche - das Notenbündel ist weg. Einen Moment ist sie konsterniert. Wieder einmal ihre verflixte Zerstreutheit. Wahrscheinlich hat sie das Geld doch neben dem Tresor liegen lassen. Oder? Ein eiskalter Schock fährt ihr durch die Glieder: Beni! Hat er ihr letztes Bargeld gestohlen? Reichlich Gelegenheit dazu hätte er ja gehabt.

Ihre Knie werden weich, gleich wird sie zusammenzubrechen.

Raffaele sieht sie fragend an: »Va bene, Signora?«

Sie reißt sich zusammen.

»Si, va bene ... Nehmen Sie auch Kreditkarten?«

»Selbstverständlich, Signora.«

Frau Rehrl gibt ihm die Karte. Er steckt sie ins Lesegerät und tippt den Betrag ein.

»Bitte Ihre Pin. Signora.«

Nach dem ärgerlichen Intermezzo auf dem Polizeirevier will sich Emanuel nochmals im Haus seiner Mutter umsehen. Vielleicht findet sich dort ein Hinweis, wohin sie sich abgesetzt hat. Auf dem Weg zum Parkplatz versucht er, sich mit 'method acting' in seine Mutter hineinzuversetzen, wie er das auf der Schauspielschule gelernt hatte: Erkenne die Beweggründe einer Figur, indem du in sie hineinschlüpfst. Auch wenn er es dabei nie so weit getrieben hat wie sein Idol Robert De Niro, der sich für die Rolle des Ex-Boxers in 'Wie ein wilder Stier' 27 Kilo Übergewicht angefressen hatte - das 'method acting' hatte ihm schon oft zu überraschenden Einsichten in seine Rollen verholfen. Also: Ein gebrochener Schenkelhals, der nicht heilen will und schmerzt - unwillkürlich beginnt er zu hinken. Dann der Raubtierkapitalismus dieses Provinzbankers, der sie in die Pleite getrieben hatte, das drohende Verfahren wegen Insolvenzverschleppung, der Polizeieinsatz, der Psychiater, der sie zu den Dementen ins Heim steckte. Emanuels Magen beginnt zu brennen, ein Anflug von Migräne pocht in seinem Schädel. Und dann, als Krönung des Ganzen, dieser Sohn, in den sie all ihre Liebe und Hoffnung gesetzt hatte und der sie schnöde im Stich ließ.

An dieser Stelle versagt das 'method acting'. Emanuels Empathie versiegt, stattdessen kocht Wut in ihm hoch. Wut auf diese Mutter, die entgegen jeder Einsicht und Vernunft ihre Firma, sich selbst und alles, was sonst noch so dran hängt, gegen die Wand fährt, um dann die Schuld *ihm* zu geben. Verdammt! Soll sie doch tun, was sie nicht lassen kann. Aus dem Fenster springen, Tabletten schlucken oder sich vor die S-Bahn schmeißen. Er kann es nicht verhindern, sie *lässt sich* ja nicht helfen.

Okay – aber wenn sie sich umbringen will, warum hat sie es nicht einfach getan? Warum taucht sie ab? Und wohin?

Inzwischen ist er vor dem Haus angelangt. Zum Glück ist am Vortag keiner auf die Idee gekommen, ihm den Hausschlüssel abzunehmen.

Das Chaos im Sitzungszimmer ist unverändert. Auf dem Sekretär findet er den Umschlag mit Mutters gebieterischer Schrift: 'Für Emanuel'.

Amüsiert betrachtet er die Kinderfotos. Zum Beispiel, wie der kleine Hosenscheißer am mächtigen Lenkrad von Vaters Nachkriegslaster als Nachfolger eingewiesen wird.

„Steigere dich nicht in etwas hinein", weist Emanuel sich selbst zur Ordnung. Welchem Buben würde es nicht Spaß machen, als Kapitän der Landstraße zu posieren, ohne dass ein Vater ihn erst dazu nötigen muss?

Doch der Stachel sitzt tiefer. Nach Vaters Tod galt Mutters ganzes Interesse dem Betrieb. Sie war auf Erfolgstrip, unabkömmlich, nie ansprechbar, immer im Büro oder unterwegs. Wenn er sich beklagte, hieß es, das tue sie doch alles nur für ihn. Seine Aversionen gegen Mutter und ihr Business entwickelten sich in der Pubertät zur totalen Ablehnung, zum Hass auf ihre Spedition und das ganze Gewese.

Nächstes Foto: Emanuel als Josef im Krippenspiel in der Grundschule. Die Schere zwischen mütterlicher Erwartung und eigenen Ambitionen beginnt sich zu öffnen.

Weitere Fotos von ihm in der Theatergruppe an der Realschule. Felsenfest glaubt Mutter heute noch, dort habe man ihm die Flause ins Ohr gesetzt, Schauspieler zu werden. Als ob er nicht schon als Klassenkasper an der Grundschule eine besorgniserregende Neigung zur Rampensau offenbart hätte. Es ging ihm um die Lacher, den Applaus, dass er plötzlich beachtet wurde, Anerkennung erhielt, all das, was ihm

Mutter vorenthielt. Zum Beispiel als eingebildeter Kranker von Molière. Man sprach über ihn. Sogar ein Bild in der Lokalzeitung. Die Mädchen standen Schlange (jedenfalls im Vergleich zu seiner pickeligen Randexistenz vorher). Er fühlte sich wie eins der großen Vorbilder, die auf den Kinoplakaten in seinem Zimmer hingen: Robert De Niro, John Travolta, Brad Pitt. Zum Henker mit Mutters Logistik, ihren provinziellen Betriebsfeiern, Brummi-Taufen und lokalen Kungeleien mit Bürgermeistern und Kreissparkassendirektoren.

Geradezu symptomatisch das Foto mit Mutter und ihm bei einer LKW-Taufe. Frau Rehrl in Gewinnerpose, Unternehmerin mit energisch vorgestrecktem Kinn vor drei blumenbekränzten Sattelschleppern. Emanuel neben ihr, etwa 15, macht auf Hans-guck-in-die-Luft, mit verdrehten Augen Desinteresse demonstrierend. Für Mutter eine spätpubertäre Aufmüpfigkeit, die ihm spätestens nach der mittleren Reife vergehen wird. Dann fing der Ernst des Lebens mit der Lehre zum Speditionskaufmann in Mutters Brummi-Dispo an.

Als Nächstes folgt kein Foto, sondern ein Blatt aus einem karierten Notizblock.

AN MEINEN SOHN

Lieber Emanuel,

es ist jetzt kurz vor Mitternacht, ich hatte noch einige dringende Frachtbriefe auszustellen, da standst du plötzlich vor meinem Schreibtisch, leicht schwankend, weil angetrunken, schließlich gab es etwas zu feiern mit deinen Freunden und Freundinnen vom Theaterverein. Mit einer vielsagenden Mischung aus Triumph und schlechtem Gewissen teiltest du mir mit, du würdest deine Lehre sofort abbrechen und unserer Firma („unserer" sagtest du natürlich nicht, sondern „dei-

ner") den Rücken kehren. *Du hättest die Aufnahmeprüfung an dieser berühmten Münchner Schauspielschule bestanden und könntest nun endlich das machen, worum es dir wirklich ginge im Leben.*

Nachsatz, drei Wochen später.

Du hast es beinhart durchgezogen. Dein Platz in der Dispo ist seither leer geblieben. Das einzige, was mir bleibt, ist die Hoffnung, dass die Vernunft siegt und du wieder in „unsere Kommandozentrale" zurückkehren wirst (die eines Tages die deine sein wird).

Inzwischen bist du auch aus deinem Jugendzimmer ausgezogen. Wohin?? Ich weiß es nicht. Du hast dich noch nicht einmal verabschiedet. Nur ein Zettel lag auf meinem Schreibtisch. „Kein Stress, Mutter. Ich melde mich."

Was wirfst du mir eigentlich vor? Dass ich an dich und deine Zukunft denke?

Deine Mutter

Diesen Brief hatte sie ihm nie gegeben. Emanuel zerreißt ihn wütend. So ist sie: Ohne jede Einsicht, ohne Schatten eines Zweifels überzeugt, im Recht zu sein. Lernresistent bis zum Abwinken. Bis dann nichts mehr ging. Bis sich auch die Letzten, die es gut mit ihr meinten, abwandten. Zum Beispiel der integre Dr. Ammer, dem die Pleite der 'Rehrl Logistics' so absurd vorkommen muss, wie die Selbstversenkung der Admiral Graf Spee vor Montevideo. Ein jeder ist seines Unglücks Schmied.

Emanuel steigert sich wieder einmal in eine Wut hinein, die sich auch gegen die eigene Hilflosigkeit im Umgang mit dieser Mutter richtet. Da fällt sein Blick auf ein Foto, das offenbar ihrer Vernichtungsaktion entgangen ist. Es liegt neben dem Aktenshredder am Boden.

Das Schwarzweißbild zeigt Frau Rehrl als etwa 40jährige mit einem deutlich jüngeren Mann, der seinen Arm um ihre Schulter gelegt hat und sie küsst. Hinter ihnen sind ein Hoteleingang und eine Topfpalme zu sehen. 'Hotel Raf...' kann man über der Türe noch lesen, der Rest ist abgeschnitten. Auf der Rückseite des Fotos ein Stempel des Entwicklungslabors: 'Fotografia Armado & Pedrotti, via Vittorio 5, Verona', dazu handschriftlich das Datum '16.7.79'. Das könnte hinkommen. Damals war sein Vater bereits krank, sie führte die Geschäfte und fuhr zu Verhandlungen öfter nach Italien. Er betrachtet ihr Gesicht. Ausgelassen wirkt sie, fast frech. So kennt er sie gar nicht. Schade.

Er steckt das Foto ein und geht ins Bad.

Auch wenn er nicht glaubt, hier noch etwas Wichtiges zu finden, öffnet er den Spiegelschrank über dem Waschbecken. Toilettenartikel, eine alte Haarbürste, eine angebrochene Packung Aspirin. Klar, die Schlafmittel aus dem Seniorenzentrum hat sie mitgenommen. Auf einem Stapel gebügelter Waschlappen (typisch für Mutter – wahrscheinlich bügelt sie auch ihre Baumwollunterhosen - Quatsch, sie trägt ja Lascana) findet er ihr Smartphone. Mutters Zerstreutheit wird langsam besorgniserregend! Schon bei seinen spärlichen Besuchen in den letzten Jahren war ihm aufgefallen, dass sie ständig nach irgendetwas suchte: Brille, Schlüssel, Ausweise, wichtige Geschäftspapiere, die Hörgeräte. Einmal hatte er ihr einen Schlüsselanhänger aus dem Spaß-Shop geschenkt, der kläffte, wenn man laut pfiff. Eine, wie er fand, originelle Idee, einen verlegten Schlüssel schnell wiederzufinden. Sie versenkte den Anhänger in der Küchenschublade und knurrte: „Wenn Mädchen pfeifen, muss die Gottesmutter weinen." Ein Spruch aus Omas Zeiten, der nicht mal unwitzig war, wie so manches, was sie strohtrocken von sich gab.

Er ärgert sich, dass sie ihr Handy vergessen hat. Es wäre für die Bullen eine einfache Möglichkeit gewesen, zu orten, wo sie sich aufhält. Oder war es Mutters listige Absicht, es ihnen nicht allzu einfach zu machen? Kann es sein, dass er sie manchmal unterschätzt?

Er schaltet ihr Telefon ein. Auf dem Display blinken diverse 'Anrufe in Abwesenheit'. Drei der Anrufe sind von ihm.

Es klingelt. Erschrocken nimmt er das Gerät hoch und sagt »Hallo?« Dann merkt er, dass sein eigenes Telefon in der Tasche vibriert.

»Wo bleibst du? Es sind schon alle da!«

Moni, die Regieassistentin, hört sich gereizt an. Scheiße. Vor lauter Mutter hätte er fast die Probe vergessen. Er steckt beide Telefone in die Tasche und macht sich auf die Socken.

Das blaue Zimmer

Im Halbdunkeln wischen die Scheinwerfer vorbeifahrender Autos Lichtreflexe an die blaue Wand. Von der Gasse hallt entferntes Geschrei, irgendwo bellt ein Hund.

Nackt aneinander gekuschelt liegen sie sich in den Armen.

Er küsst sie auf die Nase, sie kichert: „Du kitzelst mich!"

Vom Nachttisch angelt er sich eine Zigarette, entflammt sie mit dem Zippo, nimmt einen Zug und gibt sie ihr weiter. Sie küsst ihn und nimmt ebenfalls einen tiefen Zug. Ohne zu husten. Er lacht anerkennend: „Bravo! Warum kommst du nicht einfach mit nach Orvieto, Angelina?"

Sie lacht und hält ihm die Zigarette vor die Lippen, damit er ziehen kann.

„Als was? Als dein Gspusi?"

„Was ist Geschpusi?"

„Gspusi. Die Geliebte."

„Oh si, la mia amorosa!", nickt er ernst.

Angelika verstummt. Francesco sieht sie fragend an.

„Was ist? Habe ich etwas Falsches gesagt?"

Sie schüttelt den Kopf, lächelt. Dann drückt sie die Zigarette in den Aschenbecher, beißt ihm ins Ohrläppchen.

„Bald wird es hell. So. Wir müssen jetzt schlafen."

Francesco dreht sie mit einer schnellen Bewegung auf den Rücken und fixiert ihre Arme. Sie versucht kichernd, sich zu befreien. Beide fallen fast aus dem Bett. Sie kreischt erschrocken. Er lacht und wirft sich auf sie.

Frau Rehrl erwacht. Wo ist sie? Dann erinnert sie sich: Das Blaue Zimmer, das jetzt *Siebter Himmel* heißt. Sie wollte sich nur schnell hinlegen. Inzwischen muss sie stundenlang geschlafen haben. Es dämmert bereits. Sie schaut sich um im stilvoll renovierten Raum. Fast alles ist wie früher, nur das Hochzeitsbett wird von einem blasslila Seidenhimmel mit Silberwölkchen überwölbt. Energisch wischt sie sich die Augen und setzt sich auf die Bettkante. Noch ein Blick zu den Silberwölkchen.

»Mei, so a Kitsch!«, sagt sie halblaut, greift zum Telefon, bestellt Wasser und einen Espresso, beginnt, ihre Taschen auszupacken. Die Tabletten vom Altenheim legt sie auf den Couchtisch, wo schon das alte Zippo liegt.

Es klopft. »Servizio!«

Sie lässt die Tablettenschachteln wieder in der Handtasche verschwinden.

»Avanti!«

Claudio, der Kellner des Hotels, ein großgewachsener, älterer Herr mit schütterem, zurückgegeltem Haar und einer etwas betagten Eleganz, betritt das Zimmer mit einem Tablett.

»Buona sera, Signora. Ein großes Wasser ohne Sprudel und ein Espresso. Prego.«

Er stellt es auf den Tisch.

»Grazie«, sagt Frau Rehrl und unterschreibt die Quittung.

Interessiert bemerkt er das Benzinfeuerzeug und sagt mit dem Akzent des Südtirolers:

»Oh! Ein Zippo. So eines hatte ich auch einmal als Bub. Von einem amerikanischen Soldaten. Eingetauscht gegen ein Stück Parmaschinken. Mein Vater hat mir dafür den Allerwertesten versohlt.«

Frau Rehrl sieht ihn etwas irritiert an.

»Leider habe ich es später verloren.«

»Grazie«, wiederholt Frau Rehrl, um das Gespräch zu beenden.

»Kann ich sonst noch etwas für Sie tun, Signora?«

»Ja, sorgen Sie bitte dafür, dass ich nicht mehr gestört werde.«

»Si, Signora, buona sera.«

Beim Verlassen des Zimmers hängt er das Schild 'Do not disturb' an die äußere Klinke.

Als Emanuel in der 'Rampe' ankommt, wartet die Truppe bereits im Theatersaal, einige lesen Zeitung, tippen ins Handy oder ratschen. Doro und Moni diskutieren mit Erich, der wie gewohnt in der Parkettbestuhlung herumhängt und verdrossen in einer Kaffeetasse rührt. Unauffällig mogelt sich Emanuel von hinten an die Gruppe heran.

Doro nickt ihm kurz zu, während sie weiter auf den Regisseur einredet: »... der Baal als Bürgerschreck, als genialischer Gossen-Poet à la Villon, klar ist das der Klassiker. Aber ist das heute wirklich noch prickelnd?«

»Jedenfalls nicht mehr stimmig!«, ergänzt Moni. Angesichts der Me-too-Debatte komme man doch heute bei dem Stoff kaum um ein paar aktuelle Bezüge wie Weinstein, Wedel und Konsorten herum!

Sichtlich genervt lässt der Regisseur Luft ab.

»Toll«, grunzt er, »seien wir aktuell! Seien wir betroffen, tanzen wir mit beim obligaten Reigen der politisch Korrekten und Heuchler. Stoßen wir ins gleiche Horn. Der Applaus ist uns gewiss!«

Moni lacht ironisch auf: »Du willst dich also wieder einmal ausgrenzen!«

Erich sieht sie ärgerlich an.

»Schade, dass du mich nicht verstehen willst, Moni. Natürlich ist Me-too berechtigt, ich bin ja selbst Feminist. Aber muss nun wirklich *alles* durch diese Sauce gezogen werden?«

»Durch welche Sauce willst du deinen Baal denn sonst ziehen, wenn er Frauen missbraucht, demütigt, vergewaltigt und sogar in den Selbstmord treibt?«, fragt Moni zurück.

Erich räuspert sich.

»Ich möchte nicht unangenehm erscheinen, aber nachdem unser Hauptdarsteller endlich hergefunden hat ...«

Moni funkelt Erich an: »Sag mal, hörst du überhaupt zu? Wir zerbrechen uns gerade deinen Kopf über die Konzeption!«

»Danke, aber den zerbreche ich mir lieber selber.«

Er klatscht in die Hände. »Bitte alles auf Anfang.«

In diesem Moment gibt Emanuels Tasche ein Piepen von sich. Er zieht sein Handy raus, doch diesmal ist es das Gerät seiner Mutter. Das Display zeigt eine SMS.

Frau Rehrl wird die Belastung ihrer Kreditkarte avisiert: 'Abbuchung 260,50 € Hotel Raffaele in Verona'. Bei Unstimmigkeiten bittet die Bank um sofortige Rücksprache.

Emanuel ist platt. Das ist der Hammer! Verona! Was macht sie in Italien? Wurscht. Jedenfalls weiß er jetzt, wo er sie findet. Während die anderen sich bühnenfertig machen, verschwindet Emanuel in die Kaffeeküche.

Er wählt die Auskunft. »Ich hätte gern eine Nummer in Italien ...«

Frau Rehrl sitzt am Couchtisch und gießt Wasser ins Glas. Dann nimmt sie die Schlaftabletten aus der Verpackung und drückt die eingeschweißten Tabletten aus dem Blister ins Wasser. Das gleiche macht sie mit dem nächsten Blister.

Das Zimmertelefon klingelt. Frau Rehrl ignoriert es und rührt mit dem Löffel die Flüssigkeit um, damit sich die Tabletten auflösen.

Emanuel tigert mit dem Handy am Ohr durch die Kaffeeküche, es klingelt am anderen Ende, dann die Stimme von Signor Raffaele:

»Tut mir leid, aber Frau Rehrl meldet sich nicht. Wie ich gerade höre, möchte sie nicht gestört werden.«

Emanuel reagiert entnervt: »Hören Sie zu! Ich bin ihr Sohn. Es ist dringend!«

»Aber Frau Rehrl meldet sich nicht. Sie schläft wahrscheinlich.«

Emanuel wird wütend. »Gehen Sie jetzt bitte zum Zimmer und sagen Sie ihr, dass ihr Sohn sie ganz dringend sprechen muss!«

»Das kann ich nicht. Ich bin hier allein in der Rezeption.«

Emanuel merkt, dass er mit seinem Kasernenhofton nicht weiterkommt.

»Signore, ich bitte Sie! Es geht um Leben und Tod. Holen Sie bitte, bitte meine Mama ans Telefon!«

Signor Raffaele wird unsicher. »Bene. Bleiben Sie in der Leitung. Ich versuche, jemanden raufzuschicken.«

Emanuel tigert weiter durch den Raum, bleibt schließlich vor dem Fenster stehen und trommelt nervös an den Fensterrahmen. Auf dem Hinterhof verfolgt ein aufgeplusterter Täuberich laut gurrend eine trippelnd ausweichende Taubendame. In der Küchentür taucht die Regieassistentin auf.

»Das gibt's nicht! Wir warten schon wieder, und er telefoniert!«

Emanuel dreht sich um.

»Ich bin gleich da.«

»Nicht gleich - sofort!«

Sie verschwindet. Emanuel mault pantomimisch hinter
ihr her.

Frau Rehrl schnippt die nächste Lage Tabletten ins Glas und
rührt. Es klopft leise an die Türe. Frau Rehrl blickt ärgerlich
auf.

»Ich möchte nicht gestört werden!«

Claudio, dem Kellner vor der Tür, ist es sichtlich peinlich.

»Mi scuso mille volte, Signora. Ihr Sohn ist am Telefon
und möchte Sie dringend sprechen.«

Das Telefon fängt wieder an zu klingeln.

»Ich kann jetzt nicht.«

»Er sagt, es ist dringend.«

»Sagen Sie ihm, ich rufe zurück.«

»Grazie, Signora. Scusi.«

Die Schritte vor der Türe entfernen sich.

Das Telefon klingelt weiter. Sie legt das Kopfkissen über
den Apparat. Er klingelt kaum gedämpft weiter. Sie nimmt
einen Schluck von der Brühe, hustet, blickt entnervt zum Telefon.

»Des hätt'st dir früher überlegen müssen!«

Sie kippt den inzwischen kalt gewordenen Espresso in
sich rein. Schüttelt sich wieder.

»Greißlich!«

Durch das offene Fenster streicht ein verlockender Duft
von Knoblauch und Rosmarin. Und Oregano. Sie schnuppert.
Eigentlich hat sie seit gestern überhaupt nichts Vernünftiges

gegessen. Sie schnuppert erneut. Dann hat sie's: Coniglio in umido – geschmortes Kaninchen!

Das Telefon verstummt.

Jetzt hört sie oben auf der Hotelterrasse Teller klappern und Bestecke klirren. Oder bildet sie sich das vor lauter Hunger nur ein? Sie steht auf, nimmt ihre Krücken und verlässt das Zimmer.

Emanuel steht immer noch am Fenster. Draußen hat der Täuberich gewonnen und bespringt für Sekundenbruchteile die flatternde Taubendame. Es knackt in der Leitung. Emanuel wendet sich ab vom Fenster.

»Haben Sie sie erreicht?«

Raffaele meldet sich mit einem genervten Wortschwall zurück. Emanuel unterbricht ihn.

»Nein, ich kann nicht warten, bis sie zurückruft. Ich muss sie sofort …«

Er lässt das Telefon sinken. Scheiße. Der Italiener hat einfach aufgelegt.

Auf der Bühne ist bereits eine Szene mit Doro und zwei anderen Darstellern am Laufen. Emanuel tritt hinter den Regisseur und flüstert: »Erich, ich muss sofort …«

Der zischt über seine Schulter: »Worauf wartest du noch? Mach, dass du auf die Bühne kommst!«

»Sorry, ihr müsst heute leider ohne mich … Ich muss weg.«

Erich springt auf, schreit zur Bühne: »Stopp! Aus!«, dann zu Emanuel: »Sag mal, willst du mich verarschen?«

Die Schauspieler auf der Bühne brechen ihr Spiel ab.

»Du ziehst jetzt sofort deine Klamotten an und stehst in zwei Minuten dort oben!«, brüllt Erich.

Doro hüpft von der Bühne runter.

»Emanuel, was ist passiert?«

»Ich weiß jetzt, wo sie ist: In Verona.«

Er wendet sich wieder Erich zu: »Es geht um meine Mutter. Ich bin morgen Abend wieder hier.«

Doro sieht ihn entgeistert an. Er greift in seine Hosentasche und gibt ihr den Wohnungsschlüssel.

»Kannst du bitte Carlo das Fressen hinstellen? Die Dosen stehen im Kühlschrank. Aber etwas anwärmen. Da ist er sehr heikel. Ich melde mich.«

Emanuel gibt ihr einen schnellen Kuss und wendet sich zum Ausgang.

»Moment«, brüllt Erich, »Was geht hier ab?«

Emanuel dreht sich nochmals um.

»Doro wird es dir erklären.«

Beni hat nicht lange suchen müssen. In Veronas Altstadt gibt's ein paar schicke Shops mit Hip-Hop-Klamotten, wenn auch zu Preisen, für die in Kreuzberg keiner einen Fuß in den Laden setzen würde. Italienische Provinz eben. Aber um ein paar Kröten hin oder her geht es diesmal nicht. Und als Ausgleich für die überteuerten Preise hat er eine Kette aus Trompetengold und eine geile Gangster Rap Sonnenbrille mitgehen lassen.

Wie er jetzt so dasteht am Ticketschalter von Verona Porta Nuova, in einem weißen Hoody T-Shirt, einer weinroten Bomberjacke – die für den italienischen Herbst eindeutig zu warm ist – tiefblauen Cargohosen und den schneeweißen Sneakers von Nike ist die Welt für ihn wieder knorke. Nur der Kerl hinter dem Fahrkartenschalter spricht natürlich kein Deutsch. Was Beni nach etlichen Anläufen kapiert, und das auch nur, weil eine Mama in der Schlange hinter ihm dolmetscht: es gibt von Verona Porto Nuova keine Züge nach Livorno Centrale. Jedenfalls keine direkten: „Du fahren nach Bologna Centrale, dann umsteigen, dann nach Firenze

Santa Maria Novella, dann nach Pisa Centrale und dann, finalmente, nach Livorno Centrale. Ganz einfach."

Danke. Da kann er sich Frau Rehrls Kröten sparen und gleich trampen. Beni nimmt also einen Bus in die Vorstadt, wo es – wie ihm die nette Mama aus der Schlange auch noch verraten hat - eine Auffahrt zur Autostrada nach Bologna gibt, wo Autofahrer anhalten können.

Leider steht genau dort ein Fiat der Carabinieri. Beni bleibt im Bus sitzen und steigt erst beim nächsten Stopp aus.

Etwas ratlos steht er an einer mehrspurigen Ausfallstraße zwischen Lagerhallen, Auto-Ausschlachtern und Fabrikfassaden, die aus leeren Fensterhöhlen wie Halloweenmasken in den violetten Abendhimmel starren. Fetzen einer türkischen Musik, die erfolglos gegen den tosenden Verkehr andudelt, lenkt seine Aufmerksamkeit auf die andere Straßenseite. Von einer Halogenlampe grell erleuchtet, steht ein Imbisswagen mit zwei, drei Tischgarnituren aus rotem Plastik und aufgespreizten Werbereitern, auf denen ausgeblichene Fotos von Pizzen, Dönern und Hamburgern zu sehen sind. Eigentlich will Beni sofort zu Fuß zurück zur Autobahnauffahrt, um nach dem Verschwinden der Bullen loszutrampen, doch beim Anblick der lecker gebräunten Fleischbrocken, die ein Schnauzbärtiger vom Drehspieß auf einen Teller säbelt, merkt er, dass ihm sein Magen bis zu den Kniekehlen durchhängt.

Entschlossen kämpft er sich durch die Verkehrsflut auf die andere Straßenseite.

»Ein Döner, zwei Cheeseburger und eine Pizza Hawaii. Und drei Dosen Lemon-Wodka.«

Eine sternklare Nacht auf der Dachterrasse des 'Raffaele.' Frau Rehrl zerlegt ein herrlich nach Knoblauch und Kräutern duftendes, toskanisches Kaninchen und hat keinen Blick für das quirlende Leben, das sich zu ihren Füßen durch die Gassen der Altstadt schiebt. Nach dem letzten Bissen wischt sie sich zufrieden den Mund ab und nimmt einen Schluck Rotwein, um sich dann etwas angesäuselt von den Tabletten und dem Wein zurückzulehnen. Die Terrasse ist schon fast leer. Im Hintergrund kassiert Claudio, der ältere Kellner, einen Tisch mit japanischen Touristen ab. Er scheint ein paar Brocken Japanisch zu können, die Gruppe lacht jedenfalls schallend über seine radebrechenden Bemerkungen.

Am Nebentisch ist ein älteres italienisches Paar in ein Gespräch vertieft. Die Frau redet schnell und leise, untermalt ihre Rede mit lebhaften Gesten, der Mann lächelt stumm. Einmal nimmt er ihre Hand und küsst sie. Sie lacht, legt ihre Hand auf seinen Unterarm, ohne ihren Redefluss zu bremsen. Frau Rehrl beobachtet das stille Glück der Alten mit einer Mischung aus Rührung und Eifersucht. Ein Luftzug löst eine Haarsträhne aus ihrer streng gescheitelten Frisur. Sie lässt sie hängen. Langsam fallen Wut und Verbitterung, die ihr in den vergangenen Wochen wie Scheuklappen den Blick auf das Leben verstellt hatten, von ihr ab. Über den dunklen Dächern der Altstadt hängt die Sichel des Mondes neben dem Turm von Sant' Anastasia. Tausend-und-eine-Nacht, denkt Frau Rehrl und lässt sich wohlig einlullen von den Farben, Düften und Tönen, die sie plötzlich wieder wahrnimmt. Von irgendwoher klingt Musik, das Singen und Lachen einer ausgelassenen Feier. Sie fühlt eine ungeheure Leichtigkeit in sich aufsteigen, möchte aufspringen, mittanzen, mitsingen. Ein riesiger Eisberg in ihrer Brust ist zu einer kleinen, dreckigen Pfütze geschmolzen, die schnell im Boden versickert.

»Hat es Ihnen geschmeckt, Signora?«

Claudio ist an den Tisch getreten, um ihr den letzten Wein aus der Flasche nachzuschenken.

Frau Rehrl nickt: »Squisito!«

»Dann habe ich Ihnen also nicht zu viel versprochen.«

»Nicht nur das Kaninchen, auch der Montepulciano - so gut habe ich schon lange nicht mehr gegessen!«

»Grazie, Signora«, freut sich Claudio über das Kompliment und schlägt ein Dessert vor. Vielleicht Aprikosen mit Cantuccini in Amaretto und Mascarpone?

»Um Gottes Willen!«, stöhnt Frau Rehrl und fasst sich an den Bauch.

»Oder etwas Leichteres, eine Torta di mele, einen toskanischen Apfelkuchen?«

»Danke, Claudio, aber ich bin vollkommen satt. Ich glaube, ich muss mich jetzt hinlegen.«

Claudio sieht sie bedauernd an und rezitiert:

»Du willst schon fort, es ist noch längst nicht Tag:
Es war die Nachtigall und nicht die Lerche,
die deinem Ohr ins bange Innere drang.
Sie singt bei Nacht auf dem Granatbaum dort,
Geliebter glaub's, es war die Nachtigall.«

Frau Rehrl lacht: »Shakespeare, Romeo und Julia!«

Claudio grinst.

»Oh, Sie kennen sich ja gut aus, Signora!«

»In der Schule hab ich's mal auswendig gekonnt.«

»Und ich habe mal Literatur studiert. Ein brotloses Studium. Aber wenigstens freuen sich die Gäste, wenn der Kellner *Romeo und Julia* in sechs Sprachen rezitieren kann.«

Frau Rehrl nickt anerkennend.

»Waren Sie schon einmal in Verona?«, will Claudio wissen.

Frau Rehrl winkt ab.

»Das ist schon eine Weile her.«

125

»Auf Ihrer Hochzeitsreise?«

»Nein. Geschäftlich.«

Claudio sieht sie verschmitzt an.

»Schade.«

Frau Rehrl erhebt sich mühsam, Claudio reicht ihr die Krücken, die am Tisch lehnen. Sie lächelt:

»Sie sind ein Romantiker.«

Er macht einen angedeuteten Diener.

»Buona Notte, Signora Rehrl.«

»Arrivederci, Signor Claudio!«

Sie geht langsam ab, dreht sich aber nochmals um.

»Claudio, un altro vino nella stanza, per favore!«

»Montepulciano? Ich bringe ihn sofort auf Ihr Zimmer!«

Auf der Ausfallstraße donnert fast nur noch Schwerverkehr über die Schlaglöcher. Beni hat seinen Kopf auf die Unterarme auf dem Plastiktisch gelegt und schläft. Die türkische Schlagermusik verstummt, das Licht am Imbisswagen erlischt. Der Schnauzbart zieht den Rollladen herunter und beginnt, die Tische und Stühle aufeinander zu stapeln und mit Ketten und Vorhängeschlössern zu sichern. Vor Benis Tisch bleibt er stehen, wischt die leeren Alcopops-Dosen und die Junkfood-Reste in einen großen Abfallbeutel und tippt Beni energisch auf die Schulter.

»Finito! Addio! Buona Notte!«

Beni schaut ihn schlaftrunken an. Dann kapiert er, rappelt sich hoch und trollt sich.

In einem zerbeulten Toyota Pickup am Straßenrand mampfen zwei Typen ihren Burger und beobachten den Jungen mit den aufgenudelten Klamotten.

Beni stolpert auf einen vermüllten Trampelpfad zu, der zwischen verdorrten Büschen der Straße entlangführt. Ihm ist kotzübel. An einem ausrangierten Kühlschrank stützt er sich ab und übergibt sich. Dann wankt er weiter. Was er jetzt braucht, ist ein Schlafplatz. Fünfzig Meter vor ihm sieht er einen umgestürzten Bauwagen, der wie das Heck der sinkenden Titanic aus einer zugewucherten Baugrube ragt. Besser als gar nichts, denkt Beni und steuert darauf zu.

Im Toyota nickt der Ältere dem Jüngeren zu. Der schiebt sich hastig den Rest seines Hamburgers in den Mund und schmeißt die Verpackung aus dem offenen Seitenfester. Beide steigen aus.

Die Leuchtschrift an der Fassade des Hotels 'Raffaele' hat einen Wackelkontakt und taucht die leere nächtliche Gasse wie eine Geisterbahn in grünes Flackerlicht. Aus der Ferne nähert sich das Röhren eines defekten Auspuffs. Ein alter Volvo Kombi biegt um die Ecke und kommt vor dem Hoteleingang zum Stehen. Emanuel springt aus dem Fahrzeug, läuft, ohne den Wagen abzuschließen, zur Pforte und drückt die Nachtklingel im Dauermodus. Schlaftrunken und genervt von der Ungeduld des vermeintlichen Spätankömmlings schließt Signor Raffaele die Türe auf und lässt Emanuel eintreten.

Wenig später stehen die beiden erregt flüsternd vor Frau Rehrls Zimmertüre. 'Do not disturb!' steht auf dem Anhänger an der Türklinke.

»Da! Was habe ich Ihnen gesagt!«

Unbeeindruckt schiebt Emanuel den Hotelmanager zur Seite und klopft energisch an die Tür:

»Mach auf, Mutter!«

»Psst! Nicht so laut! Die Gäste schlafen!«, zischt Raffaele.

Nichts rührt sich in dem Zimmer. Emanuel klopft kräftiger und schreit:

»Mutter! Ich bin's, Emanuel.«

»Signore, ich bitte Sie! Sie wecken das ganze Hotel!«

Aus dem Zimmer kommt immer noch keine Reaktion.

Emanuel flippt aus: »Da stimmt was nicht! Machen Sie bitte sofort auf!«

Jetzt reicht es Signor Raffaele. Er versucht Emanuel von der Türe wegzudrängen.

»No! Basta! Jetzt ist genug!«

Emanuel krallt sich an der Klinke fest. Bei dem Gezerre geht die unverschlossene Türe plötzlich nach innen auf. Die beiden stolpern ins Zimmer.

Schaurig-schön, wie in einem Vampirfilm, liegt auf dem Hochzeitsbett Frau Rehrl reglos im grünen Licht der Fassadenbeleuchtung, die durch das offene Fester flackert. Ihr Mund steht halb offen. Die silbernen Wölkchen auf dem Seidenhimmel über ihr wirken lebendig und flattern im Durchzug.

Nach einem Augenblick der Verblüffung schaltet Emanuel die Deckenbeleuchtung ein. Mit einem Blick erfasst er die Situation: Auf dem Couchtisch die leere Verpackung und Blister des Schlafmittels, daneben ein halbvolles Glas mit den aufgelösten Tabletten, auf dem Bett seine leblose Mutter im Bademantel.

Er stürzt zu ihr, packt sie an den Schultern, schüttelt sie und schreit:

»Mutter, wach auf!«

Sie rührt sich nicht.

Hysterisch wendet er sich an Raffaele, der verständnislos danebensteht.

»So tun Sie doch was! Sie stirbt!«

»Was reden Sie da! Sie schläft!«

»Sehen Sie nicht? Sie hat eine Überdosis Schlaftabletten genommen!«

Nach einem Blick zum Tisch kapiert auch Raffaele.

»Madonna mia! Ich rufe Dottore Stefani.«

Er läuft los.

Emanuel setzt mit Schütteln und lauten „Mutter! Wach auf!"-Rufen die Wiederbelebung fort. Endlich gibt sie ein Stöhnen von sich. Er tätschelt ihre Wangen, erst sanft, dann immer gröber.

»Wach auf! Mach die Augen auf! Mutter, hörst du mich?«

Sie blinzelt kurz, schließt die Augen aber sofort wieder und murmelt kaum verständlich:

»Lass mich schlafen.«

Emanuel sieht sich verzweifelt um, bemerkt die halbvolle Wasserflasche auf dem Tisch, holt sie und schüttet das restliche Wasser seiner Mutter ins Gesicht. Prustend fährt sie hoch.

»Ja bist' denn narrisch gworden! Was foit dir ein!«

Emanuel greift ihr unter die Arme und nötigt sie an die Bettkante.

»Sei stad, Mutter, der Arzt ist gleich da!«

Frau Rehrl wehrt sich, zetert weiter: »Spinnst' jetzt?! Mitten in der Nacht in mei Zimmer einbrechen.«

Emanuel versucht, sie auf die Füße zu stellen.

»Nimm dei Pfoten weg!! Lass mi los!«

»Wir gehen jetzt ins Bad, und du steckst dir den Finger in den Hals, damit das Zeug wieder rauskommt!«

Frau Rehrl schaut erst verdutzt, dann begreift sie und beginnt hysterisch zu lachen.

Signor Raffaele stürmt ins Zimmer.

»Dottore Stefani viene. In zehn Minuten ist er da. O Madonna, che disgrazia!«

Emanuel kämpft weiterhin mit der Mutter, die sich nicht mehr anfassen lässt.

Emanuel bafft Raffaele an:

»Stehen Sie nicht so blöd rum, helfen Sie mir! Wir müssen sie wachhalten!«

Signor Raffaele versucht halbherzig, Emanuel beizustehen.

Frau Rehrl schwingt eine Krücke und verscheucht beide wie ein paar lästige Fliegen.

»Jetzt macht's beide, dass' weiter kemmts! Ma subito!«

So würdevoll wie möglich humpelt sie mit tropfenden Haaren an den zurückweichenden Männern vorbei ins Bad und schlägt die Türe ins Schloss.

Die beiden schauen sich ratlos an. Plötzlich sieht Signor Raffaele die Flasche Montepulciano Nobile neben dem Bett. Er nimmt sie, dreht sie auf den Kopf, um zu demonstrieren, dass kein Tropfen mehr drin ist.

»Ecco!«

Er wirft Emanuel einen vernichtenden Blick zu und verlässt den Raum mit einem halb unterdrücktem »Porca miseria Madonna« zwischen den Zähnen.

Emanuel glaubt nicht, dass Mutters Zustand auf ein paar Gläser Wein zurückzuführen ist. Aber wo ist der Rest der Tabletten, die sie hat mitgehen lassen? Er schaut in den Papierkorb. Keine leergedrückten Blister. Nach kurzem Zögern greift er nach ihrer Handtasche. In diesem Moment öffnet sich die Badezimmertür, Frau Rehrl steht, ein Handtuch zum Turban um ihr nasses Haar gewickelt, wie eine Furie vor ihm.

»Du! Lass du bloß die Finger von meinen Sachen!«

Schnell legt Emanuel die Tasche auf die Couch zurück. Frau Rehrl schlurft an den Krücken zum Bett, setzt sich auf den Bettrand und frottiert sich mit dem Handtuch die nassen Haare. Schweigen. Dicke Luft, bis Emanuel sich nicht länger zurückhalten kann.

»Weißt du, wie ich das finde, Mutter? MEGA peinlich!«

Ungerührt trocknet sie sich weiter die Haare.

»Des kannst' laut sog'n! Schreit der Depp des ganze Hotel aus'm Schlaf für nix und wieder nix!«

Emanuel nimmt den leeren Blister vom Tisch und hält ihn der Mutter unter die Nase.

»Und was ist das?«

Frau Rehrl holt ihre Haarbürste aus der Tasche des Bademantels und sagt ungerührt:

»Eine Kunststoffverpackung für Schmerztabletten.«

»Die Schwester im Altenheim hat gesagt, damit kann man einen Elefanten umbringen.«

»I sieh'g koan Elefanten.«

Emanuel wird sauer.

»Du weißt genau, wovon ich rede. Wo sind die restlichen Packungen?«

Frau Rehrl betrachtet ihren Sohn spöttisch.

»Du hast scho immer a lebhafte Fantasie g'habt, Emanuel.«

Emanuel lässt empört Luft ab. So kommt er mit ihr nicht weiter. Er beginnt durch das Zimmer zu tigern, bemüht sich, sachlich zu bleiben.

»Du bist krank, Mutter, du brauchst Pflege. Jetzt sei bitte vernünftig. Nach dem Frühstück fahren wir zurück nach München.«

»Du scho. I bleib' do.«

Sie ist fertig mit Frisieren und legt sich in die Kissen zurück, das kranke Bein hängt am Bettrand. Emanuel macht einen neuen Anlauf:

»Was willst du überhaupt hier? Wieso …«

Sie unterbricht ihn.

»Sei bitte so nett, und leg mir das Bein hoch.«

Er macht es. Sie deckt sich zu und streicht die Decke glatt.

»Sag mir endlich, wieso bist du überhaupt nach Verona gefahren?«

»Urlaub machen, zum Beispiel. Jetzt, wo ihr mi und mei' Firma abgewickelt habts, kann i mir endlich a was gönnen.«

Sie macht das Licht aus. Emanuel steht wie auf einer Discobühne im Strobo-Effekt der defekten Hotelbeleuchtung.

»Hey ... Mutter! Ich bin noch nicht fertig!«

»Aber i!«, tönt es aus den Kissen.

»Jetzt hör mal! Ich habe deinetwegen eine wichtige Probe geschmissen und bin vierhundert Kilometer weit gefahren.«

»Es hot di koaner g'heißen.«

»Klar. Ich bilde mir ja alles nur ein.«

Sie schließt die Augen und schweigt. Er wartet einen Moment, dann geht er weg und schlägt die Türe krachend hinter sich ins Schloss. Auch ohne Hörgeräte dringen entfernt das Zetern des Hotelmanagers und Emanuels wütende Antworten an Frau Rehrls Ohren. Mit einem Schmunzeln dreht sie sich auf die andere Seite, um endlich ihren verdienten Schönheitsschlaf fortzusetzen.

So sieht man sich wieder

Im Morgengrauen, der durch die beschlagenen Scheiben dringt, liegt Emanuel zusammengerollt zwischen Werkzeugkasten, Farbeimern und Theaterutensilien im Laderaum seines Kombis und träumt, er sei in der Autowaschanlage in den Mahlstrom von tosenden Wassermassen und niederfahrenden Reinigungsbürsten geraten. Nach Luft japsend und orientierungslos fährt er aus dem Alptraum hoch, aufgeschreckt von einem infernalischen Motorengeräusch und dem Schlagen von Wasserkaskaden gegen das Blech seines Volvos. Er wischt mit dem Handrücken die angelaufene Scheibe klar und sieht gerade noch, wie ein Reinigungsfahrzeug mit einer Wasserkanone die Abfälle der Nacht in die Gullis schwemmt und um die Ecke des Hotels verschwindet. Er zieht sein Smartphone aus der Tasche: 5 Uhr 15 und ein Anruf in Abwesenheit plus eine SMS. Doro und Erich. Scheiße. Diese Front hat er ja auch noch. Er öffnet die Sprachnachricht und liest:

„EMANUEL! DU BIST WEGEN WIEDERHOLTER VERTRAGSVERLETZUNG (NICHTERSCHEINEN ZU PROBEN) FRISTLOS GEFEUERT. ICH HABE DEINE FAXEN DICK UND DIE ROLLE DES BAAL UMBESETZT. SCHRIFTLICHE KÜNDIGUNG FOLGT. ERICH"

Emanuel reibt sich die brennenden Augen. Dann beschließt er, erst mal zu frühstücken und sich später aufzuregen.

Er öffnet die Heckklappe des Autos und klettert in die feuchte Kühle der Gasse, wo es nach fauligem Kanal riecht.

Kein Mensch weit und breit. Null Chancen, hier irgendwo einen Espresso und ein Croissant zu kriegen. Außer in dem verfluchten Hotel. Aber das will er lieber vermeiden.

Emanuel steigt zurück ins Auto, diesmal durch die Fahrertür, betätigt den Anlasser. Mit knapper Not springt der Wagen beim fünften Versuch an, kurz bevor die Batterie abnippelt. Wahrscheinlich zu heiß gelaufen, die Kiste, gestern Nacht, als er sie nonstop und mit Vollgas über den Berg gescheucht hatte.

In der Nähe des Bahnhofs findet er einen Stehimbiss mit ein paar Nachteulen und verhärmten Frühaufstehern. Langsam kehren seine Lebensgeister zurück, und er ruft Doro an, in der Erwartung, die Hiobsbotschaft werde sich als einer von Erichs (nicht nachhaltigen) cholerischen Anfällen erweisen. Leider nicht.

Erich sei stocksauer und wild entschlossen, den Baal umzubesetzen.

»Das kann er vergessen«, lacht Emanuel etwas zu locker.

»Da müsste er erst mal eine neue Besetzung *haben*!«

»Hat er«, sagt Doro, »nämlich sich selbst!«

Emanuel flippt aus.

»Erich als Baal! Und wer macht Regie?«

»Er will beides machen. Und Moni will er zur Co-Regie upgraden.«

»Sag mal, hat er noch alle Tassen im Schrank? Als Baal ist er doch viel zu verzopft und zu intellektuell! Ganz abgesehen davon, dass dieser ausgehungerte Suppenkasper nicht mal die Figur für den Baal hat. Den muss man aus dem Bauch herausspielen, hat er doch selbst gesagt!«

»Aus dem Kopf *und* aus dem Bauch, hat er gesagt«, stellt Doro richtig.

»Und was sagt die Truppe dazu?«

»Moni ist natürlich nicht abgeneigt. Aber die anderen sind skeptisch. Hör zu, Emanuel: Du musst Erich sofort anrufen.«

»Das bringt doch nichts. Der Betonkopf gibt keinen Millimeter nach. Und zusammenscheißen kann ich mich auch selber. Nein, wenn ich zurück bin, werde ich mal die Gewerkschaft einschalten.«

»Vergiss die Gewerkschaft! Dann ist es zu spät. Was dabei bestenfalls für dich noch rausschaut, ist eine lächerliche Abfindung. Wenn du die Rolle behalten willst, kommst du jetzt sofort in die Hufe. Du musst heute Abend auf der Probe aufkreuzen. Pünktlich! Nur wenn du kämpfst, wird das Team sich vielleicht auf deine Seite schlagen!«

»Okay! Nach dem Frühstück setz' ich Mutter ins Auto und am späten Nachmittag bin ich wieder in München.«

»Und vergiss nicht, ruf ihn sofort an, damit er weiß, dass er damit nicht durchkommt.«

»Schon klar.«

»Was ist mit deiner Mutter?«

Doro ist sehr erleichtert, dass seine Mutter wohlauf ist. Ja, auch dem Kater gehe es gut. Nach einigem beleidigten Hin und Her habe er sogar gefressen. Aber erst, nachdem er Doro gekratzt und gebissen hatte, als sie ihm einen Brocken aus der Dose mit nackten Fingern unter die Nase hielt.

»Selbst schuld«, grinst Emanuel, »wer Carlo verwöhnt, wird mit Undank bestraft.«

Als Emanuel das Hotel betritt, steht Frau Rehrl picobello auffrisiert auf ihren violetten Krücken an der Rezeption. Signor Raffaele sitzt am Computer und sucht irgendetwas im Internet.

»Bon Tschorno«, dröhnt Emanuel und durchquert elastischen Schrittes, wenn auch etwas zerknittert, die Lobby.

Frau Rehrl dreht sich stirnrunzelnd nach ihm um. Der Hotelmanager ignoriert seine Anwesenheit und widmet sich weiter dem Bildschirm.

»Sie steigen in Bologna um, Signora, und sind schon um 15 Uhr 30 in Orvieto.«

»Und zum Umsteigen habe ich genügend Zeit?«

Das Hoteltelefon klingelt.

»Scusi«, entschuldigt sich Raffaele und hebt ab.

Frau Rehrl nutzt die Gelegenheit und zischt ihrem Sohn zu:

»Wie du rumläufst! Da muss man sich ja schämen.«

»Jeder bettet sich, so gut er kann. Die eine im Hochzeits- zimmer, der andere im Kofferraum seines Schrottautos. Hast du schon gefrühstückt?«

»Ja, ganz prima.«

»Dann können wir ja fahren.«

Frau Rehrl sieht ihn verwundert an und fällt ins Bayeri- sche:

»Des is jetzt aber ned dei Ernst.«

»Mutter, jetzt sei endlich vernünftig.«

»Du wiederholst dich.«

»Hör zu: Ich habe es mir überlegt - du kannst so lange bei mir wohnen, bis wir eine andere Reha gefunden haben.«

Frau Rehrl schüttelt den Kopf.

»Mal abgesehen von dera Katz', die mi ned riechn ko – sei ehrlich: Des sollten wir uns beide nicht antun!«

»Mutter, es ist doch nur für ein paar Tage.«

»Na – mei Reha is hier in Italien, und dei Job ist in Mün- chen. Basta.«

Der Hotelmanager beendet das Telefongespräch und wendet sich wieder an Frau Rehrl.

»Vielleicht ist es wirklich besser, Sie lassen sich etwas mehr Zeit zum Umsteigen. Ah – da habe ich was für Sie. Nur einmal umsteigen in Florenz. Der ICE geht allerdings schon in einer knappen Stunde.«

»Dann rufen Sie mir bitte ein Taxi.«

Emanuel greift nach Mutters Reisetasche, die am Boden steht.

»Du brauchst kein Taxi. Ich fahre dich zum Bahnhof. Komm.«

Er geht los.

Raffaele runzelt die Stirn, steht auf und hält die Türe auf.

»Grazie e buon viaggio, Signora!«, wünscht er und behandelt Emanuel weiterhin wie Luft.

»Da vorne an der Kreuzung links!«, kommandiert Frau Rehrl, nachdem Emanuel losgefahren ist.

»Ich weiß, wo der Bahnhof ist.«

Sie schweigt. Emanuel nimmt den Faden wieder auf.

»Dir ist schon klar, dass man dich sucht? Dr. Amman, das Altenheim, die Insolvenzverwalterin, die Polizei, ich. Keiner weiß, was los ist.«

»No bin i a freier Mensch und ko verreisen, wann und wohin i mog.«

»Und dass man sich Sorgen macht, ist dir wurscht?«

»Woher woaßt *du* überhaupt, dass i hier bin?«, wundert sie sich plötzlich.

Emanuel zieht ihr Smartphone aus seiner Jackentasche.

»Sowas sollte man nicht eingeschaltet herumliegen lassen, wenn man spurlos verschwinden will.«

Wütend reißt sie es ihm weg.

»Wo hast du des her?«

»Wo hast du es denn hingelegt, hm?«

Sie braust auf:

»Du hast heute Nacht meine Sachen durchgewühlt!«

»Hab' ich. Weil ich die Schlaftabletten gesucht habe. Aber da *war* ich schon in Verona.«

137

»Ich weiß genau, dass mein Handy in der Handtasche war.«

»Du solltest echt mal dein Gedächtnis testen lassen.«

Frau Rehrl wird sauer.

»Red koan Schmarrn! I werd' ja wohl no wissen, wo i mei Handy hido hab!«

»Offensichtlich nicht!«

Emanuel nimmt ihr das Smartphone aus der Hand, drückt ein paar Tasten und hält ihr das Gerät wieder hin. Auf dem Bildschirm steht die SMS der Kreditbank, die die Abbuchung durch das Hotel 'Raffaele' in Verona bestätigt.

Frau Rehrl schaltet das Gerät aus.

»Des beweist goar nichts!«

»Und ob! Weißt du, wo ich das Telefon gefunden habe? Im Spiegelschrank in deinem Bad zuhause. Neben der Zahnbürste. Eingeschaltet. Und dann kam diese SMS. Na? Fällt der Groschen? Da habe ich schlaues Kerlchen mir einiges zusammenreimen können.«

Frau Rehrl ist peinlich berührt und schweigt.

»Du solltest dich wirklich mal untersuchen lassen.«

Emanuel fährt auf der linken Spur.

»Fahr rechts, da vorn müssen wir abbiegen.«

Er fährt weiter geradeaus, folgt dem Schild 'Autostrada Modena/Brennero'.

»Hast ned ghört, wos i g'sagt hab?«

»Zur Autostrada geht's da lang.«

Eine Zornesfalte gräbt sich in ihre Stirn.

»Emanuel. Lass mi bitt' schön am nächsten Taxistand naus. I fahr ned mit dir nach München! Wann geht des endlich nei in dei' Schädel!«

Emanuel verzieht keine Wimper.

»Ich kann dich ja nach Florenz bringen.«

Frau Rehrl stutzt.

»I denk, du hast Probe?«

»Das schaff ich locker. Und du musst nicht umsteigen.«

Frau Rehrl sieht ihn verwundert an. Emanuel redet munter weiter:

»Ich frag' mich nur eins: Wieso das alles? Erst Verona, dann Orvieto? Wieso kannst du dich nicht in München umbringen? Das würde die Sache wesentlich vereinfachen. Die ganze Bürokratie bei der Überführung der Leiche zum Beispiel. Ganz abgesehen von den Kosten ...«

Frau Rehrl ist einen Moment lang verblüfft. Dann schreit sie: »Hör sofort auf mit dem Schmarr'n!«

»Wozu sonst hast du die Schlaftabletten denn geklaut?«, schreit Emanuel zurück.

»Zum Schlafen, du Depp, und gegen die Schmerzen!«

»Glaub' ich nicht.«, sagt Emanuel.

»Glaub, wos' d willst, aber lass mer endlich mei Ruah!«

Frau Rehrl sieht plötzlich eine Gestalt am Fahrbahnrand hocken, die ein Pappschild mit der Aufschrift 'Liforno'« hochhält.

»Halt an!«, ruft sie.

Emanuel sieht sie verständnislos an.

»Stopp hob i gsogt!«

Er bremst.

»Seit wann nehmen wir Anhalter mit?«

»Wart einen Moment!«, sagt sie, nimmt die Krücken und steigt aus.

Verblüfft beobachtet Emanuel im Außenspiegel, wie sie energisch zurück hinkt zum Tramper, der ziemlich abgerissen am Straßenrand in der Sonne döst. Vor dem Jungen bleibt Frau Rehrl stehen und sagt etwas, was Emanuel nicht verstehen kann.

Beni hingegen schon.

»Do schau her. So schnell trifft man sich wieder!«

Verblüfft blinzelt er über die gesprungene Sonnenbrille ins Gegenlicht. Seine schicke Jacke ist weg, durch einen Riss in der neuen Hose kann man sein blutiges Knie sehen, im Gesicht prangt eine verkrustete Schramme, seine Lippe ist geschwollen. Keine Spur mehr von seiner grinsenden Unverschämtheit.

»Und jetzt gibst mir mei Geld wieder!«

Beni braucht einen Moment, dann macht er einen schwachen Versuch zu türmen. Frau Rehrl ist schneller und stößt ihm mit der Krücke heftig gegen die Brust. Er landet wieder am Boden.

Im Volvo beobachtet Emanuel die Szene mit offenem Mund. Von der heftigen Auseinandersetzung, die jetzt abgeht, versteht er im Verkehrslärm kein Wort.

Sein Handy vibriert, 'DORO' blinkt.

»Hi Doro ... Nein, ich habe Erich noch nicht erreicht ... red lauter. Ich versteh' dich schlecht.«

Er kurbelt die Scheibe hoch.

»Du hast ihn also nicht angerufen!«, schreit Doro aus dem Handy.

Er unterbricht sie:

»Hör zu: wenn Erich meint, den Baal selber spielen zu müssen, dann bitte. Er wird schon sehen, wie weit er damit kommt ... Nein, ich habe auch meinen Stolz, ich werde nicht darum betteln ... Sicher bin ich heute Abend da ... Natürlich liegt mir was an der Rolle ... Aber ...«

Doros Stimme tönt übersteuert aus dem Gerät.

Emanuel lässt das Telefon sinken und verfolgt mit wachsender Verblüffung, wie seine Mutter immer erregter auf den Tramper einredet, der am Boden hockt und mit erhobenen Armen seinen Kopf vor der drohenden Krücke schützt. Beni bekommt einen heftigen Hustenanfall, versucht nochmals wegzulaufen. Doch er kommt nicht weit. Sie stellt ihm mit der Krücke blitzschnell ein Bein.

Doro ist nur entfernt zu hören:

»... so wie du vor deinen Problemen davonrennst, musst du dich nicht wundern, dass du nix auf die Reihe kriegst. Baal ist deine Rolle, warum kämpfst du nicht, verdammt noch mal?!«

Er nimmt das Telefon wieder hoch.

»Weil es keinen Zweck hat. Erich ist ein lernresistenter Hornochse. Ich bin ihm zu kritisch. Der will mich doch schon lange loswerden.«

»Das ist nicht wahr.«

»Doro! Ich kann dich ganz schlecht verstehen. Wir telefonieren später. Der Verkehr ...«

»Nein! Jetzt hör mir zu ...«

Draußen keucht Beni und bringt vor lauter Luftnot nur noch einzelne Worte hervor:

»Ick ... habe ... Ihr Jeld nich ...«

»Lüg nicht! Wie sonst hast du diese Kleider bezahlt?«

»Se haben ... mir doch een Huni ... für det Taxi jejeben.«

»Es ist nicht nur der Hunderter, du unverschämter Rotzlöffel, du elendiger! Du lügst doch, wenn du's Maul aufmachst. Wo ist das Geld aus meiner Handtasche?«

»Ick wees et nich.«

Er gräbt keuchend in seinen Hosentaschen. Doch es ist nicht ihr Geldbündel, was er aus einer Tasche zieht, sondern der Inhalator. Er setzt ihn an die Lippen. Ein müdes Zischen ertönt, dann ist er leer. Beni lässt ihn fallen, blickt wie ein waidwundes Reh vor dem Gnadenschuss in Frau Rehrls zorngerötetes Gesicht über sich.

»Frau Rehrl ... bitte, helfen Se mir ...«

Keuchend versucht er, den Schleim aus der Lunge abzuhusten. Sie ist hin- und hergerissen: Ist das jetzt wieder eine

Beni-Show? Ein Trick des durchtriebenen Satansbratens? Doch dann kommen ihr Zweifel. Hat sie das Geld aus dem Tresor wirklich eingesteckt oder etwa auf dem Tisch liegen lassen? Nach der Blamage mit ihrem Handy scheint ihr alles möglich.

Frau Rehrl hebt den Inhalator auf, drückt auf die Taste. Er ist tatsächlich leer. Also doch kein Theater. Langsam kriegt sie ein schlechtes Gewissen. Emanuel ist aus dem Wagen gesprungen und nähert sich.

»Hey, Mutter, was zum Teufel geht hier ab?«

Beni gerät in Panik, hyperventiliert. Frau Rehrl spricht leise auf ihn ein:

»Ruhig bleiben, Beni. Flach atmen. Entspanne dich!«

Emanuel bleibt verblüfft vor den beiden stehen.

»Wer ist das, Mutter?«

Frau Rehrl wird energisch.

»Für Erklärungen hamma jetzt koa Zeit, Emanuel. Hilf eahm ins Auto, wir miassen sofort einen Arzt finden!«

Emanuel sieht sie fassungslos an.

»Oder willst du ihn ersticken lassen?!«

Emanuel schiebt Beni auf die Rückbank, wo er sich auf alten Zeitungen und zerknüllten Schnellimbissverpackungen zusammenkrümmt, immer dramatischer nach Luft schnappend. Frau Rehrl ignoriert die Beifahrertür, die Emanuel ihr aufhält, und zwängt sich ebenfalls in den Fond, wo sie sich Platz in dem Chaos schafft, indem sie eine Ukulele grob nach hinten in den Gepäckraum befördert.

»Hey, Vorsicht! Das ist ein Requisit für mein neues Stück!«, protestiert Emanuel.

Sie überhört es und packt Beni an der Schulter:

»Setz di grad hi! Verspann' di net! Tiiiief einatmen!«

Irritiert betrachtet Emanuel die Szene.

»Worauf wartest du no? Fahr los!«

Er klemmt sich hinter das Lenkrad.

»Und wo, zum Teufel, fahren wir hin?«

»Werd' ned glei' hysterisch. Zum nächsten Krankenhaus natürlich!«

»Und wo ist das?«

»In der anderen Richtung. Du musst wenden!«

Emanuel tritt aufs Pedal. Wütendes Hupen hinter ihnen, empörtes Gestikulieren eines Geschnittenen in der Gegenrichtung. Beni röchelt. Frau Rehrl legt ihm beschwichtigend die Hand auf den Kopf.

»Entspann dich, Beni. Ganz ruhig bleiben. Moment, Emanuel. Des Ospedale is z' weit weg. Wir suchen a Apotheken!«

»Vielleicht sagst du mir jetzt endlich, wer der Typ ist?«

»Ein Notfall. Und jetzt fahr' zua!«

Schon nach wenigen hundert Metern stoppt Emanuel vor einer Farmacia. Frau Rehrl, die angesichts der Ereignisse schnell zu Ihrem Chefmodus zurückgefunden hat, steigt aus.

»Kümmere dich um ihn!«, ruft sie Emanuel barsch zu.

»Händchen halten oder Mund zu Mund Beatmung?«, brummt Emanuel hinter ihr her.

Als sie in der Apotheke verschwunden ist, dreht er sich zu Beni um. Der liegt mit geschlossenen Augen, pfeifend wie ein löchriger Blasebalg, auf der Rückbank, scheint sich aber etwas beruhigt zu haben.

Emanuel ist völlig konsterniert. Was ist hier los? Was hat Mutter mit diesem Typen zu schaffen? Erst verprügelt sie ihn, dann nimmt sie ihn zur Brust, als wär's ihr Baby. Die hat tatsächlich einen Sprung in der Schüssel!

Hinter dem Schaufenster der Farmacia sieht Emanuel seine Mutter in heftigem Palaver mit dem Apotheker, der es offenbar wagt, ihr Widerworte zu geben.

Es klopft ans Seitenfenster. Eine Politesse deutet auf das Halteverbotsschild am Straßenrand. Das darf nicht wahr sein! Emanuel deutet entnervt auf die Apotheke. Sein Telefon vibriert. 'DORO' meldet das Display wieder. Gereizt setzt er das Gerät ans Ohr.

»Ich kann jetzt nicht! ... Ja, ja, natürlich ruf ich ihn an, aber im Moment ist grad eine andere Kacke am Dampfen ... Das erzähl ich dir später. Und vergiss Carlo nicht ... Ich dich auch. Bussi.«

Die Politesse hat sich vors Auto gestellt und beginnt, einen Bußgeldbescheid auszufüllen.

Emanuel steigt wütend aus und baut sich vor der rundlichen, mindestens zwei Kopf kleineren Polizistin auf, die völlig unbeeindruckt weiterschreibt.

»Sehen Sie nicht, was hier los ist?«, schreit er und zeigt nochmals in Richtung Farmacia. »Das ist ein Notfall! Emergenzia, capito?«

Die Politesse steckt den Kugelschreiber in die Brusttasche, reißt das Ticket vom Block, faltet es zusammen. Emanuel weist auf Beni, der immer noch bewegungslos im Auto liegt: »Da, sehen Sie das nicht? Der Typ kriegt keine Luft mehr. No air! Capito?«

Er imitiert hechelnd Atemnot. Die Polizistin verzieht keine Miene, klemmt das Ticket unter den Scheibenwischer und sagt: »Non può stare qui. Buon Giorno.«

»Du mich auch!«, zischt Emanuel hinter ihr her, dann läuft er entschlossen in die Apotheke.

Beni macht die Augen auf, sieht die Politesse abmarschieren, sieht Emanuel in der Farmacia verschwinden und sieht den Schlüssel im Zündschloss stecken. Sein Herz beginnt zu hüpfen, wie damals, als er seine erste selbst gekaperte Kiste anwarf und Frank neben ihm brüllte: „Lass es flutschen, Beni! Besser schlecht jefahren als jut jeloofen."

Jetzt oder nie. Auf nach Livorno! Er macht einen Versuch, sich zwischen den Sitzen nach vorn zu zwängen, doch ein neuer Hustenanfall wirft ihn auf die Bank zurück.

In der Farmacia kulminiert die Auseinandersetzung zwischen Frau Rehrl und dem Apotheker, der sich weigert, ihr ein verschreibungspflichtiges Medikament ohne Rezept zu geben. Notfall hin oder her. Sie solle zur Pneumologie des Ospedale Orlanda fahren, dort werde ihr geholfen, sagt der Mann ruhig, aber bestimmt. Frau Rehrl hingegen wird immer lauter. Dazu sei es jetzt zu spät, sie brauche den Inhalator sofort, schreit sie auf Italienisch und bekommt einen hochroten Kopf.

»Scusi, Signora«, unterbricht der Apotheker, er habe seine Vorschriften und damit basta! Er weist die Kreditkarte zurück, die Frau Rehrl ihm aufnötigen will, und bringt das Inhalationsspray, das bereits auf dem Tresen lag, ins Regal zurück.

»Gehen wir, Mutter«, sagt Emanuel, »ich stehe im Halteverbot und habe bereits ein Ticket.«

Doch Frau Rehrl bekommt plötzlich einen starren Blick, fängt an zu hyperventilieren, greift sich an den Hals.

»Mutter!«, ruft Emanuel, »was ist?«

Frau Rehrl sinkt auf einen Stuhl, ihre Krücken poltern zu Boden, sie röchelt, verdreht die Augen.

»Mutter! Sag doch was! Was fehlt dir? Hast du dich verschluckt?«

Doch nicht etwa ein Herzinfarkt? Oder ein Schlaganfall? Der Apotheker schießt alarmiert hinter dem Tresen hervor.

»Signora!? Che succede?«

Sie schnappt nach Luft.

»Helfen Sie ihr! Mein Gott, sie erstickt!«, schreit Emanuel.

Der Apotheker läuft zum Regal zurück, reißt den Inhalator aus der Verpackung, schiebt Emanuel zur Seite, der seiner Mutter auf den Rücken hämmert, als wäre sie ein Kind, das sich an einem Bonbon verschluckt hat. Er setzt Frau Rehrl den Inhalator an die Lippen und gibt energisch italienische Kommandos, sie atmet aus, sie atmet tief ein. Zischend fährt das Inhalat in ihre Lunge.

»Ancora una volta!« Noch einmal!

Sie hält panisch die Hand des Apothekers fest, zieht nochmals gierig Luft ein. Er gibt ihr einen weiteren Sprühstoß, sie beginnt zu husten, scheint wieder Luft zu bekommen.

»Va bene, Signora? Va bene?«

Sie nickt, hustet, würgt.

»Worauf warten Sie noch? Rufen Sie den Notarzt!« herrscht Emanuel den Mann im weißen Kittel an.

Frau Rehrl hält den Apotheker am Ärmel zurück, stößt heiser hervor: »Nicht nötig. Signore. Es geht schon besser.«

»Mutter! Das kann ein Herzinfarkt sein!«

»Schmarrn«, knurrt sie, hört auf zu japsen und sieht ihn beschwörend an, »mach koan Aufstand.«

Sie hangelt nach den Krücken am Boden, Emanuel und der Apotheker helfen ihr auf die Beine.

»Du brauchst einen Arzt!«

»Emanuel, kannst du bitte bezahlen?«, sagt sie und steckt den Inhalator ein. Hustet demonstrativ noch einmal und lässt die beiden mit einem »Mille Grazie« stehen.

Wenn zwei sich streiten ...

Als Emanuel ein paar Minuten später zum Auto zurückkehrt, sitzt Frau Rehrl neben Beni auf der Rückbank und hält seinen Kopf. Der Anblick versetzt Emanuel einen Stich. Wann hat seine Mutter *ihn* zum letzten Mal in den Arm genommen? Da war er vielleicht sechs, hatte Fieber, weinte. Sie hatte an seinem Bett gesessen, ihn im Arm gehalten und getröstet. Bis die Tagesmutter kam und sie zu ihrem nächsten Termin abrauschen konnte. Vielleicht lag es auch an ihm. Spätestens als er in die Schule kam, waren ihm ihre mütterlichen Zärtlichkeiten peinlich. Als hätte er sie bei etwas Ungehörigen ertappt, nimmt sie schnell die Hand von Benis Haarschopf und sagt: »Es geht ihm wieder besser.«

»Kein Wunder, bei der Fürsorge ...«, bemerkt Emanuel und setzt sich auf den Fahrersitz. »Möchtest du dich wieder nach vorne setzen, Mutter?« fragt Emanuel. Sie überhört den anzüglichen Unterton und geht, während sie sich mühsam umsetzt, zum Gegenangriff über.

»Warum bist d' ned beim Beni geblieben, wie i di g'heißen hab? Es hätt ja weiß Gott was passieren kenna!«

Emanuel startet den Motor und fährt los.

»Aha. Beni heißt er also. Und woher kennt ihr euch so gut, wenn ich fragen darf?«

»Er hat mir in Verona die Tasch'n getragen.«

»Nett«, sagt Emanuel und verzieht das Gesicht zu einem süffisanten Lächeln.

»Lach nur. Aber des is heut nimmer selbstverständlich!«

»Dann seid ihr ja jetzt quitt.«

Frau Rehrl reagiert leicht eingeschnappt auf die Spitze.

»Um di hat man si a immer 'kümmert, wenn du krank warst!«

»Aber nie mit so viel Tamtam.«

»Was willst du damit sagen?«

»Gar nix.«

Zu Beni gewandt fährt er fort:

»Ich setze dich an der Autobahnauffahrt wieder ab, okay?«

Beni wittert eine Chance.

»Kannste mir nischt mitnehmen bis Liforno, wa?«

»Ich fahre nicht nach Livorno.«

»Aber du könntest ihn bis Florenz mitnehmen, wenn du mich unbedingt dorthin bringen willst.«, mischt sich Frau Rehrl ein.

»Wieso sollte ich?«

»In dem Zustand kannst' ihn doch ned einfach nausschmeißen!«

Emanuel hält an der Autobahnauffahrt nach Modena und dreht sich zur Rückbank um.

»So, mein Freund. Hier geht's ab nach Livorno. Viel Glück beim Trampen.«

Beni greift nach seiner Tasche und dem Pappschild, auf dem handgemalt 'Liforno' steht.

»Livorno schreibt man übrigens mit V. Wie 'Vollpfosten'. Vielleicht nimmt man dich eher mit, wenn man kapiert, wo du hinwillst.«

»Sei ned so gschert, Emanuel. Er hat dir doch nix tan!«

Beni zeigt ihm verdeckt den Stinkefinger. Aber so schnell gibt er nicht auf.

»Schade, Frau Rehrl – wenn er mir nach Liforno mitnehmen würde, könnte Frank Ihnen den Huni zurückjeben.«

Frau Rehrl erstarrt. Hastig sagt sie:

»Is scho guat, Beni.«

Emanuel wird hellhörig.

»Was war das?! Du hast ihm hundert Euro gegeben?«

»Des geht di überhaupt nix o.«

Emanuel flippt aus. »Sag mal, spinnst du? Du bist pleite und gibst diesem Penner dein letztes Geld!«

»I ko mit mei'm Geld machen, was i will. Und damit basta!«

»Das glaubst du doch selber nicht! Du betutelst den Typen, als wär's das kleine Jesuskind, und denn lässt du dich auch noch von ihm ausnehmen wie eine Weihnachtsgans. Hast du sie noch alle?«

»Emanuel! Reiß dich zusammen!«

Beni ist in seiner Ehre gekränkt.

»Hey! Jetzt mach dir mal janz locker, Mann! Wenn ick sage, Frank jibt ihr det Jeld, dann ist det so!«

»Welcher Frank?!«

»Weste wat – deine Mom is ne janz dolle Frau. Die checkt in eener Sekunde mehr, als du in deinem janzen Leben.«

»Und du bist eine ganz miese Ratte, die keine Hemmungen hat, eine alte Frau abzuzocken!«

»Wa! Du hast keene Ahnung! Sie hat mir jeholfen, ick hab sie jeholfen. Ohne mir wär se nie nach Verona jekommen!«

Emanuel versteht kein Wort. »Mutter, sag etwas! Wovon redet der Wichser??«

Frau Rehrl, die der Diskussion der beiden mit wachsendem Unmut gefolgt ist, wird resolut:

»Emanuel! Es reicht. Entweder: Du bringst mich und Beni jetzt zum Bahnhof. Oder: Er fährt bei uns mit.«

Emanuel verstummt, sieht sie durchdringend an.

»Du hast wirklich einen an der Waffel, Mutter. Aber bitte. Ich kann dich ja mit dem Ganoven unmöglich alleine lassen.«

Beni zieht die Autotüre wieder zu und grinst Frau Rehrl kumpelhaft an.

Die übersieht es und sagt zu beiden:

»Und jetzt is a Rua! Jetzt sag I, wo's lang geht!«

»Ganz was Neues«, mault Emanuel nach und legt den Gang ein.

Auf der Autostrada Richtung Süden herrscht beredtes Schweigen.

Über den Innenspiegel beobachtet Emanuel seine Mutter, die entgegen seiner Aufforderung hinten sitzen geblieben ist. Er fühlt sich wie ein Chauffeur, fehlt nur noch eine Dienstmütze mit dem Logo 'Rehrl Logistics'. Mit durchgedrücktem Kreuz und der stillen Genugtuung, sich wieder einmal durchgesetzt zu haben, thront sie im Fond. Ganz wohl ist ihr dennoch nicht. Spätestens in Florenz muss sie sie loswerden. Beide.

Der Strolch, der neben ihr mit Unschuldsmiene in die vernebelte Po-Ebene starrt und scheinbar Strommasten zählt, die wie Spukgestalten aus dem Dunst auftauchen und wieder verschwinden (mehr ist da nicht zu sehen), triumphiert klammheimlich. Jetzt nur nichts falsch machen. Je mehr sich die beiden in die Wolle kriegen, umso besser läuft es für ihn. Frank, ich komme!

Für Emanuel heißt der klare Loser: Emanuel. Warum lässt er sich eigentlich von Mutter am laufenden Band vorführen? Warum läuft er aus der Probe, fährt durch halb Europa, um sie zu retten, wo sie doch nur friedlich ihren Rausch ausschläft und ein bisschen Urlaub machen will? Warum fährt er hunderte von Kilometern Umwege statt auf schnellstem Weg nach München, um für seine Rolle zu kämpfen? Und warum, verdammt noch mal, lässt er sich auch noch diesen Strolch aufhalsen, an dem sie offensichtlich einen Narren gefressen hat, obwohl der sie nach Strich und Faden abzockt. Haben die zwei eine gemeinsame Leiche im Keller? Oder ist es ein Anfall von seniler Mütterlichkeit, eine unbewusste Wiedergutmachung für all das, was sie dem eigenen Kind - also ihm! – vorenthalten hatte? Warum hat er die beiden nicht einfach am Straßenrand stehen lassen? Nein, zu feige ist er nicht, aber Tatsache ist: Ihm fehlt einfach die Kaltschnäuzigkeit, seine Mutter sehenden Auges ins Unglück rennen zu lassen. Auch wenn sie es sich selber eingebrockt hat.

Eine Stunde später: Langsam quält sich der Volvo durch die Waschküche, die mit dem Aufstieg zum Apennin noch undurchdringlicher geworden ist. Emanuel dreht am Sendersuchlauf des Radios, findet aber nur italienisches Turbogeplapper oder nervige Werbung. Ein Tunnel, stockfinster und schwarz von jahrzehntealten Dieselschwaden, verschluckt sie. Der Lautsprecher rauscht, Emanuel schaltet das Radio aus. Auf der Rückbank hustet Beni herzzerreißend und lässt den Inhalator zischen, was die beiden auf den Vordersitzen ignorieren (beim letzten Halt ist Frau Rehrl doch auf den bequemeren Beifahrersitz gewechselt).

Nach Verlassen der Giftröhre ändert sich die Szenerie schlagartig: aus Nebel- und Dieselschwaden schält sich eine sonnendurchflutete Gebirgslandschaft. Beni kann vor lauter Entzücken nicht mehr an sich halten:

»Is det geil, wa!«, ruft er. Frau Rehrl nickt:

»Im Apennin ist des oft so: Sobald man übern Hauptkamm rüber ist, scheint die Sonne.«

An der nächsten Ausfahrt setzt Emanuel den Blinker und fährt von der Autobahn ab.

»Wo fahrst' denn jetzt hi?«, wundert sich Frau Rehrl.

»Wenn schon Urlaub, dann richtig!«, knurrt Emanuel sarkastisch und wirft die verlangten Münzen in den Trichter an der Mautstation, die Schranke hebt sich.

»Wir nehmen die Landstraße über's Gebirge. Da sieht man wenigstens was von der Landschaft.«

Frau Rehrl schüttelt den Kopf.

»Ich denk, du musst nach München?«

Kurze Zeit später passieren sie ein Schild, auf dem groß das Wort 'Chiuso' steht.

»Hast' des Schildl g'sehn?«, fragt Frau Rehrl.

»Nö. Was stand da?«

»Chiuso. Das heißt gesperrt.«

»Ich sehe keine Baustelle. Da hat wahrscheinlich einer das Schild vergessen.«

Frau Rehrl sieht ihn vielsagend an.

»Wir werden's ja sehen.«

Beni auf der Rückbank räuspert sich.

»Ick sag ja nüsch.«

Emanuel, der den Typen noch immer gefressen hat, grunzt:

»Das würde ich dir auch raten.«

Beni zögert einen Moment, dann fährt er fort:

»Weste wat? Deene Mom kennt sich echt jut aus. Det hat sogar der Fahrer jesagt, bei dem wir jetrampt sind.«

Emanuel sieht ungläubig nach hinten.

»Was habt Ihr gemacht? Ihr seid getrampt?!«

Frau Rehrl versucht, das Thema zu beenden.

»Schmarrn. Einer hat mich ein Stück mitgenommen, weil mein Taxi liegengeblieben ist.«

Emanuel hakt nach: »Ich dachte, der kleine Piefke hat dir für einen Hunderter die Tasche getragen? Jetzt seid ihr schon zusammen getrampt?«

Bevor Frau Rehrl etwas sagen kann, fällt Beni ihm ins Wort.

»Von wegen Piefke! Ohne mir hätte der Trucker sie nich mitjenommen!«

Emanuel lacht sarkastisch.

»Da schau her. Sogar ein Trucker. Und – hat sie ihm verraten, dass sie auch mal ein paar Brummis im Rennen hatte?«

Beni erkennt die Falle nicht.

»Der hat sogar die Firma jekannt, wo sie jewesen ist!«

»Und – was hat er zur Pleite gesagt?«

Frau Rehrl gibt Beni einen warnenden Blick.

Der merkt, dass er im Begriff ist, sich bei seiner Gönnerin um Kopf und Kragen zu reden.

»Nix Besonderes. Dat einige Kollejen stempeln müssen, weil se nischt mehr uff die Reihe jekriegt hat.«

Frau Rehrl explodiert:

»Wenn schon petzen, Beni, dann richtig! Den Karren hätt i gegen die Wand gefahren und mir dabei no a goldene Nase verdient, hat er gsagt, der Depp, der selber von nix koa Ahnung hat!«

»Jenau!«, bestätigt Beni, »Und ‘eine sture alte Henne’ hat er och noch jesagt.«

Einen Augenblick ist Emanuel platt. Dann scheckert er los wie ein alter Ziegenbock.

»Eine STURE ALTE HENNE! Ich fass es nicht!«

Beni auf der Rückbank wird wütend und beugt sich zwischen den Vordersitzen nach vorne.

»Det hat er nur jesagt, weil der Blödmann nischt jeschnallt hat, dat *sie* die Frau Rehrl ist!«

Emanuel haut fassungslos auf das Lenkrad.

»A STURE OIDE HENNA! Das ist echt hard core!«

Frau Rehrl nimmt die Hörgeräte aus den Ohren und blickt grimmig zur anderen Seite.

Jetzt verliert auch Beni die Fassung: »Ey! Biste prall, Mensch? Det ist deene Mom! Wat biste für een mega Arsch!«

Emanuel tritt abrupt auf die Bremse, der Volvo kommt mit blockierten Rädern zum Stehen.

»Jetzt hör mal gut zu, du kleiner Pisser. Entweder, du hältst jetzt wirklich die Schnauze, oder du steigst auf der Stelle aus! Capito?«

Beleidigt setzt sich Beni zurück, verschränkt trotzig die Arme vor der Brust und betrachtet aus dem Seitenfenster die (tatsächlich sehr malerische) Berglandschaft. Nach dem vierten Anlauf gelingt es Emanuel, den Motor wieder zu starten, doch schon nach wenigen hundert Metern ist Schluss: Die Straße ist mit leeren Ölfässern und Balken komplett verbarrikadiert. Für Begriffsstutzige gibt es zusätzlich ein großes Schild:

CHIUSO / ROAD CLOSED

Ohne Kommentar wendet Emanuel das Fahrzeug. Frau Rehrl sagt auch nichts. Beni versteckt sein hämisches Grinsen hinter der vorgehaltenen Hand.

Zwei Stunden später: Frau Rehrl ist eingenickt, Emanuel fährt einen Tick zu schnell auf einer kurvenreichen Straße den Berg hinunter. Beni, der sich auf der vermüllten Rückbank gemütlich ins Polster gefläzt hat, hält, wie geheißen, den Mund, als sich auf einmal ein atemberaubendes Panorama zwischen zwei Hügeln auftut. Elektrisiert fährt er hoch:

»Wouh! Kiekt euch det an!«

Emanuel stutzt. »Wo, zum Teufel, sind wir?«

Frau Rehrl öffnet die Augen: »An der toskanischen Küste.«

»Florenz liegt doch nicht am Meer!«

Frau Rehrl schmunzelt.

»Gwiss ned. Aber du woaßt ja alles besser.«

Beni ist von dem Anblick überwältigt. Bis zum Horizont erstreckt sich ein aufgewühltes Meer mit Gischt gekrönten Wellen, auf die die Sonne ein flirrendes Band aus Gold wirft.

»Det jibt et nich!«

Frau Rehrl dreht sich zu ihm um.

»Hast' noch nie a Meer g'sehn?«

»Nee! Noch nie. Mensch, diese Wellen, der Wahnsinn!«

Gewaltige Wogen laufen als dunkle Zungen weit den sandigen Strand hinauf. Beni beugt sich zu Emanuel vor.

»Hey, halt mal an! Det will ick jenau sehen!«

Emanuel beschleunigt und überholt einen Lkw.

»Bitte, nur janz kurz!«, bettelt Beni.

Frau Rehrl sieht ihren Sohn auffordernd an.

»Sei ned gschert, Emanuel, lass den Bub die Brandung sehn.«

»Klar. Dafür sind wir ja hergefahren.«

Am Strand läuft Beni übermütig den anstürmenden Wogen entgegen, um im letzten Moment zurückzuweichen, was nicht jedes Mal gelingt. Er wird nass und jubelt vor Vergnügen.

»Pass auf Beni!«

Frau Rehrl sitzt auf einem angeschwemmten, halb im Sand begrabenen Baumstamm, verfolgt amüsiert Benis Treiben. Emanuel steht missmutig rauchend daneben.

»Apropos: Wir waren auch noch nie am Meer«, bemerkt er ganz nebenbei.

Frau Rehrl schnalzt protestierend mit der Zunge.

»Geh! Freilich warst du am Meer! Sogar zweimal: Einmal mit den Pfadfindern an der Ostsee und einmal mit der Schule auf Korsika!«

»Aber nie wir zwei zusammen!«

Beni wird immer kühner. Bald ist er bis zu den Hüften nass. Besorgt beobachtet Frau Rehrl, wie er die nassen Sneakers auszieht, die Hosen hochgekrempelt, um sich noch weiter ins Wasser zu wagen.

»Det ist echt krass, Frau Rehrl! Los, kommen Se doch och!«, ruft er nach oben.

»Gib Obacht, Beni. Hier gibt es gefährliche Strömungen!«

Beni lacht nur und rennt mit dem ablaufenden Wasser der nächsten Woge entgegen.

»Du wirst ja ganz nass!«, setzt sie überflüssigerweise hinzu.

Emanuel bläst Rauch in die Luft.

»Eigentlich haben wir überhaupt nie etwas Gemeinsames gemacht.«

Frau Rehrl sieht an ihm vorbei auf's Meer.

»Red koan Schmarrn.«

»War aber so.«

Er wirft den Stummel in den Sand, tritt ihn aus und stiefelt den Abhang hoch Richtung Parkplatz, wo als einziges Fahrzeug der alte Volvo steht.

Vom Meer her kommt Beni angerannt.

»Sehn Se, wat ick jefunden hab!«

Er zeigt Frau Rehrl eine merkwürdige rosa Schale mit einem Loch im Zentrum und radial angeordneten kleinen Erhebungen.

»Des is amol a Seeigel gewesen.«

Beni lacht.

»Wollen Se mir verarschen? Der Igel hat Stacheln!«

»Des is nur noch sein Skelett. Mehr bleibt vom Seeigel nicht übrig in der Brandung.«

Beni ist beeindruckt.

»Prall, det nehm ick mit.«

Frau Rehrl steht auf.

»Hol deine Schuhe. Wir müssen weiter.«

Am Parkplatz sitzt Emanuel mit seiner Ukulele in der offenen Heckklappe des Volvos, zupft gedankenverloren an den Saiten herum. Seine Chancen sind nicht berauschend: Mindestens 500 Kilometer bis München sind bis zum Abend nicht mehr zu schaffen. Fast beschleicht ihn ein Gefühl der Erleichterung. Was hat er denn noch davon, wenn er pünktlich zur Probe aufkreuzt? Sich vorführen lassen? Der Regisseur will ihn doch schon seit einer Weile loswerden. Und die Truppe? Moni, die sich eine Aufwertung zur Co-Regisseurin verspricht, wenn Erich auch noch die Hauptrolle spielt, wird sich kein Bein für ihn ausreißen. Und ob die anderen, selbst Doro, den Aufstand proben und womöglich ihren eigenen Job riskieren? Kaum. Also: Durchstreichen und weitergehen. Strindberg lässt grüßen.

Wie die anrollende Flut am Strand überschwemmen Emanuel Wogen von Selbstmitleid. Er greift in die Saiten und brüllt trotzig gegen die tosende Brandung an:

»Als im weißen Mutterschoße

aufwuchs Baal,

war der Himmel schon groß und weit

und fahl,

blau und nackt und ungeheuer wundersam,

wie ihn Baal dann liebte,

als Baal kam ...«

Er bricht abrupt ab, als er bemerkt, dass Mutter und Beni neben ihm stehen und zuhören. Als hätte man ihn bei etwas Unanständigem erwischt. Was, zum Teufel, singt er hier den Choral vom großen Baal, nachdem ihm gerade klar geworden ist, dass er den großen Baal nicht spielen wird?

Beni beginnt zu klatschen.

157

»Hey Mann - cool! Biste Sänger?«

Emanuel ignoriert ihn und verstaut das Instrument im Laderaum. Stattdessen antwortet Frau Rehrl:

»Des ned grad. Aber Schauspieler.«

Beni entgeht die Ironie.

»Wow cool! Und warum spielt er Gitarre?«

»Das ist eine Ukulele«, sagt Emanuel und schlägt die Heckklappe zu.

»Uku wat? Noch nie jehört!«

»So was lernt man in der Schule. Aber nur, wenn man hingeht«, ätzt Emanuel.

Als sie wieder unterwegs sind, fragt Beni:

»Wat war det fürn Song?«

»Der Choral vom großen Baal«, sagt Emanuel.

»Keen Deutsch-Rap, wa? Und wer ist Baal?«

»Ein Theaterstück über einen total durchgeknallten Typen, der vögelt alles, was bis drei nicht auf dem Baum ist, schreibt geniale Verse, singt geile Lieder und lässt sich von keinem in den Arsch treten, sondern tritt lieber selbst.«

Das gefällt Beni.

»Hey cool!«

Frau Rehrl verzieht das Gesicht. Beni ist im Element.

»Ick werde och Künstler! Pass uff!«

Er greift sich Emanuels Ukulele aus dem Gepäckraum.

»He! Lass deine dreckigen Finger von meinem Instrument!«, protestiert Emanuel.

»Ick mach nix kaputt. Hör zu!«

Beni singt im Rap-Rhythmus und schrammelt dabei wild auf der Ukulele herum:

»Deene Hupen sind irre,

deene Lache echt geil,

deen Arsch macht mir kirre,

weil icke det peil:
Du stehst uff mir!
Scheiß uff de andern,
deen Lover och,
nur icke schenke dir
det Flattern im Bauch.
Deen Herz hör ick ticken,
willst du mir ficken?
Und icke dir och!«

Emanuel lacht schallend. Frau Rehrl schüttelt fassungslos den Kopf.

»Super! Von wem ist das? Smudo?«, fragt Emanuel.

Beni ist beleidigt.

»Wat denn Smudo! Den spiel ick jejen de Wand!«

Emanuel nickt anerkennend.

»Gar nicht schlecht. Was sagt deine Mutter dazu?«

»Janz große Klasse, jefällt ihr!«

Frau Rehrl kann nicht länger an sich halten:

»Ich dachte, sie wäre gestorben!«

Beni wird ärgerlich.

»Dann sagt se det eben im Himmel, wat wees ick. Uff jeden Fall jefällt et ihr.«

»I, wenn i dei Mama wär, würd i dir sagen: Lern erst was Gscheits, Beni. Singen kannst' nach'ad immer no.«

Diesmal ist Emanuel angefressen. »Es muss nicht jeder Speditionskaufmann werden, Mutter!«

»Aber a jeder braucht a Arbeit, von der er leben ko!«

Beni verdreht die Augen.

»So wat Ätzendes sagt die Schnecke vom Jugendamt och immer.«

Emanuel grinst.

»Weil sie Recht hat!«, sagt Frau Rehrl.

»Nee. Weste wat? Weil se keene Ahnung hat. Hirnlos malochen, bis ick tot umfalle – nee! Ick rapp mir in die Charts und mach endlos Kohle. So läuft det bei mir!«

Frau Rehrl nickt mit einem Seitenblick zu Emanuel.

»Genauso wie bei eahm.«

»Es reicht, Mutter!«, keift Emanuel und schaltet das Radio laut.

Schweigend geht die Fahrt weiter der Küste entlang. An einer Kreuzung hängt das Schild 'Livorno 28 km'.

»Hey cool!«, freut sich Beni, »Keene dreißig Kilometer mehr!«

Emanuel ist irritiert. Schaut zur Mutter.

»Wo sind wir? Fahren wir nicht nach Florenz?«

»Schon. Aber wenn man zwei Mal falsch abbiegt, kommt erst Livorno.«, erklärt Frau Rehrl mit Pokerface.

»Willst du mich verscheißern, Mutter? Warum sagst du nichts?«

»Weil du nicht hören willst.«

»Wie kann ich ohne Navi ahnen, dass es falsch ist?«

»Dann kauf dir eins, sobald du's dir leisten kannst.«

Beni grinst.

»Wat denn? Is doch alles jebongt, er bringt uns nach Liforno, Frank jibt Ihnen die Penunze, und dann jehts weiter nach Florenz.«

Das Traumschiff

Eine halbe Stunde später lenkt Emanuel an einem Yachthafen vorbei. Hinter den vielen Masten ist in der Ferne ein mächtiges Kreuzfahrtschiff auszumachen. Frau Rehrl dreht sich zu Beni um.

»Siehst du das große Schiff? Dort ist das Kreuzfahrtterminal von Livorno.«

Beni gerät aus dem Häuschen.

»Det is dat Schiff! Det is die ʻQueenʼ! Mann, is det geil!«

»Dann schau zu, dass du dein' Bruder findst. I möcht heit no weiterkommen.«

»Keene Bange, Frau Rehrl. Alles wird jut!«

Blendend weiß und 50 Meter hoch ragt die ʻQueenʼ hinter dem Terminal in den tiefblauen Himmel. Vor dem Abfertigungsgebäude treffen laufend Busse und Taxis ein und entlassen einen Strom von Reisenden mit Rollkoffern und leichtem Gepäck, die im Gebäude verschwinden. Ein Blick ins Innere macht Beni sofort klar, dass er hier keine Chance hat. Nur wer ein Ticket vorweisen kann, bekommt an den Schaltern eine Magnetkarte, um durch die automatischen Sperren zu den Sicherheitskontrollen und zu den Rolltreppen zu gelangen, die ihn zur Einschiffung nach oben befördern.

Ratlos schaut sich Beni auf dem Vorplatz um. Das Gebäude scheint den Pier hermetisch abzuriegeln. Auch hier also kein Weg zur ʻQueenʼ. Doch dann sieht er einen Zug mit vollbeladenen Gepäckkarren durch eine Passage am Ende des

Gebäudes verschwinden, offenbar der Güter- und Personaleingang.

Neben dem offenen Gittertor stehen zwei Wachen. Beni mischt sich in eine Gruppe zurückkehrender Matrosen, um sich in deren Schlepptau vorbei zu mogeln. Doch ein Wachmann hält ihn an und fragt erst auf Italienisch und dann auf Englisch, wo er hinwolle. Dass Beni sich dumm stellt, hilft ihm auch nicht weiter.

»No Trespassing here. For crew only.«

Mit einer Geste fordert der Mann ihn zur Umkehr auf.

»Mein Bruder«, versucht es Beni, »ähm … my brother work on ship. He is first officer!«

»No entry without pass«, lautet die Antwort.

Mit einem überraschenden Sprint versucht Beni, den Mann auszutricksen. Die zweite Security, eine durchtrainierte Frau, fängt ihn ab und befördert ihn im Schwitzkasten zurück auf die Straße.

»Next time we call police!«, droht die Dame noch.

Beni setzt sich in gebührendem Abstand auf eine Mauer. Doch er bleibt zuversichtlich: Bald wird er in schicker Uniform an Franks Seite auf dem Promenadendeck flanieren, er braucht nur zu warten, bis Frank auf seinem Weg zum oder vom Schiff hier vorbeikommt.

Bis es soweit ist, beobachtet er die Straßenhändler, die unisono Sommerhüte oder Sonnenbrillen anbieten. Nur ein Stand sticht aus dem einfallslosen Angebot heraus: 'Giuseppes Sailer Fotos' steht auf dem Schild eines mobilen Kleiderständers, an dem allerlei Seemannsuniformen und Mützen vom Käpt'n bis zum Leichtmatrosen hängen. Ein Fotograf animiert die Touristen, sich zu kostümieren und vor dem gewaltigen Bug des Kreuzfahrtschiffes im Hintergrund zu posieren. '5 Postkarten für 30 Euro' steht ebenfalls auf dem Schild. Kein billiger Spaß, aber der Andrang der Kunden, die sich gegenseitig zu Faxen anfeuern, bestätigt den Erfolg der Geschäftsidee.

Beinahe hätte Beni drei junge Typen übersehen, die in Shorts und schmutzigen T-Shirts in Richtung Crew-Passage marschieren.

»Hey Frank!«, schreit er und erreicht die Gruppe, kurz bevor sie durch die Eingangskontrolle verschwindet. Einer, etwa 25-jährig, unrasiert und verschwitzt, bleibt verblüfft stehen und sagt: »Mensch, Kleener ...«

Beni boxt ihm übermütig in die Brust und lacht:

»Frank! Ick hätt dir fast übersehen ohne Uniform!«

»Wat Uniform! Wir kommen vom Kicken.«

Frank zieht seinen Bruder zur Seite.

»Dir hab ick nich erwartet. Wat machste hier?«

»Ooch. Nur so. Sehen, wie et dir jeht.«

»Quatsch nicht. Haste wieder wat ausjefressen?«

Beni windet sich.

»Nischt Wichtiges. Nur Pech jehabt.«

Frank sieht ihn durchdringend an. Beni muss Farbe bekennen.

»Mann, wie konnte ick wissen, dat de Bremsen kaputt waren?«

»Soll ick mir 'n Stuhl holen?«, fragt Frank ungeduldig.

»Ick red vom Porsche. Jetzt isser Schrott.«

Frank stöhnt auf.

»Ein Porsche! Bist du bekloppt! Det ist zwee Nummern zu groß für dir! Mindestens.«

Beni tut zerknirscht wie ein junger Hund, den man beim Teppichvollpinkeln erwischt hat.

»Ick wees. Haste immer jesagt, Frank.«

»Und weiter?«

»Ick wollte noch wechloofen.«

Frank kann sich das Ende der Geschichte bereits denken.

»Wie viel haste jekriegt?«

»Sechs Monate ohne hamse mir uffjebrummt. Da bin ick jetürmt.«

Frank stöhnt erneut.

»Scheiße, warum?! Die paar Wochen hättste locker uff eener Backe abjesessen! Aber nee, kommste bei mir anjedackelt!«

»Du hast jesagt, bei euch jibts immer n Job.«

»Mensch! So eenfach ist det nich. Sonst könnte ja jeder daherjeloofene Penner uff dem Luxusdampfer anheuern!«

Beni wird immer kleinlauter.

»Biste doch der Erste Offizier - kannste nischt een jutes Wort für mir einlegen?«

Frank überlegt.

»Okay. Ick seh, wat sich machen lässt.«

Beni haut ihm freudig auf den Oberarm.

»Uff dir kann ick mir verlassen. Det wees ick.«

Frank wiegelt ab:

»Versprich dir nich zu viel. In der Kombüse jibts vielleicht een Job. Pötte schrubben. Oder beim Cleaning.«

Natürlich ohne Aussichten auf Trinkgelder, muss Beni weiter zur Kenntnis nehmen. Und ohne goldbetresste Uniform.

Auch er habe mal ganz unten angefangen müssen, sagt Frank. Aber so dreckig und mit zerrissenen Klamotten, wie Beni hier vor ihm stehe, habe er nicht den Hauch einer Chance. Er solle sich beim Afrikaner am Hafenmarkt ein T-Shirt und eine Hose kaufen und in zwei Stunden wieder hier sein.

Beni, in seinen Erwartungen schon deutlich reduziert, traut sich kaum, sein letztes Anliegen vorzubringen:

»Sorry Frank, aber kannste mir wat borgen?«

»Wat denn?«, fragt Frank genervt.

Eigentlich wollte er 'tausend' sagen, aber so wie's jetzt aussieht …

»Fünfhundert wär echt super.«

Frank sieht ihn verdutzt an.

Dann zieht er zwei Zwanziger aus der Tasche. Das reiche für Hose und T-Shirt im Second-Hand am Hafen.

»In zwee Stunden biste wieder hier!«

In einem vollbesetzten Straßencafé am alten Hafen warten Emanuel und seine Mutter auf Beni. Emanuel beobachtet das Chaos am Quai gegenüber, wo sich ein langer Stau vor dem weitgeöffneten Schlund der Autofähre nach Korsika gebildet hat. Empörtes Hupen, als einer sich vordrängelt. Aus dem vordersten Fahrzeug steigt eine Beifahrerin aus und stellt sich dem Drängler in den Weg. Ungeduldig winkt der Einweiser auf der Rampe, der Drängler schiebt die Frau, die sich schreiend gegen seine Motorhaube stemmt, brutal weg und gibt Gas, der Kontrahent auch, beide krachen Kotflügel gegen Kotflügel gegeneinander, springen wutentbrannt aus den Fahrzeugen. Neues Hupkonzert, die zwei Autos und ihre streitenden Fahrer blockieren die Zufahrt. Der Einweiser spannt eine Kette, während die Rampe langsam das Maul der Fähre verschließt.

»Hast du das gesehen?«, lacht Emanuel, »zwei Rechthaber schrotten ihre Autos, um den letzten Platz auf der Fähre zu ergattern. Dabei war bestimmt noch Platz für drei oder vier Autos!«

Frau Rehrl, sichtlich genervt, aber nicht von der Posse auf dem Verladekai, schaut auf die Uhr. Obwohl sie es fast erwartet hat, ist sie von Beni enttäuscht. Besser gesagt: stinksauer. Nicht nur auf Beni, diesen verlogenen Rotzlöffel, sondern auch auf sich selbst. Wie konnte sie nur so blauäugig sein?

Plötzlich ist sie sich wieder sicher, dass sie das Bündel mit den Hundertern nicht vergessen, sondern in ihre Handtasche gesteckt hatte. Namenlose Wut ergreift sie.

»Von mir aus können wir weiterfahren«, sagt Emanuel und winkt dem Kellner.

Frau Rehrl sagt nichts.

Langsam bahnen sie sich im Gedränge der Touristen an den Shops, Cafés und Eisbuden vorbei den Weg zum Parkplatz. Hin und wieder wird Frau Rehrl trotz der Krücken im Gewühl gerempelt, was ihren Grimm noch verstärkt. Überflüssigerweise meint Emanuel, Livorno hätten sie sich sparen können. An der Tatsache, dass sie blank sei, hätte auch Benis Hunderter nicht viel geändert. Sie antwortet spitz, dass er das Geld für Kaffee und Kuchen kriege, sobald sie an einem Geldautomaten vorbeikämen.

Emanuel ist beleidigt.

»Das meinte ich nicht. Ich habe dich eingeladen.«

»Was meintest du denn sonst?«, bafft Frau Rehrl aggressiv.

»Vergiss es und warte hier. Ich hol' die Karre.«

Emanuel geht. Das Gespräch mit Mutter hat wieder einmal einen Punkt erreicht, wo alles sofort in den falschen Hals gerät.

Der historische Wachturm am Hafen wirft schon einen langen Schatten, als Beni frischgewaschen, gekämmt, mit sauberem Hemd und gebügelter Hose vor dem Kreuzfahrten-Terminal auftaucht. Der Platz ist fast menschenleer, die fliegenden Händler sind verschwunden, und dort, wo die 'Queen' noch vor zwei Stunden turmhoch in den Himmel ragte, dümpeln ein paar Plastiktüten im brackigen Wasser. Ungläubig rüttelt Beni am verschlossenen Gittertor der Personalpassage.

»Scheiße!« schreit er und tritt wutentbrannt gegen das Gitter. »ScheißeScheißeScheiße!«

Hinter dem Gittertor eilt ein alter Wachmann mit einem genauso ergrauten Schäferhund herbei.

»Ehi! Che succede qui?«

»Wo ist die 'Queen'?!«, schreit Beni. Der Hund knurrt.

»What you tell?«, sagt der Alte in gebrochenem Englisch.

»The ship, where?«

»The 'Queen'? Partenza. Left four o'clock to Palma.«

Beni fängt wieder an zu schreien und gegen das Gitter zu treten. Der Hund fletscht die Zähne, springt kläffend gegen das Gitter. Der Mann zieht ihn zurück und schreit Beni an: »Basta! Go away!«

»Sorry, aber ick such meen Bruder. My brother works on the Ship. Wann kommt es nach Liforno zurück? When the ship returns?«

»Not know. Sometimes is away for weeks.« Die Schiffe machten oft mehrere Kreuzfahrten, mal von Genua, mal von Malta aus, bevor sie wieder nach Livorno zurückkehrten.

Beni ist fix und fertig, er beginnt zu schluchzen.

»So eene Scheiße! Wat bin ick für en Arsch.«

Der alte Mann, offenbar einer von der gutmütigen Sorte, fragt, was mit ihm los sei?

Beni erzählt mit erstickter Stimme, dass sein Bruder ihm einen Job auf dem Schiff organisiert habe, hier wollten sie sich treffen, aber er sei wohl zu spät. Was denn der Bruder auf der 'Queen' arbeite? Beni kramt schniefend die Karte seines Bruders aus der Umhängetasche.

»Det ist er: mein Bruder Frank!«

Der Mann greift durch das Gitter nach der Karte, sieht das Foto und beginnt zu lachen.

»Si, Franco. Funny person. I know him! «

167

»Klar kennste Frank! Jeder kennt Frank! Er ist ja Erster Offizier! First officer on ship!«

Wieder lacht der Mann. Eine tolle Uniform sei immer nützlich, um hübsche Signorinas abzuschleppen.

Beni grinst.

»Det kannste laut sagen! Wenn eener en Schlag hat bei den Weibern, dann ist es Frank!«

»Si, si«, sagt der Wachmann, »Un piccolo Gigolo. Tells Signorinas, he stand beside captain!« Aber in Wahrheit sei er ein kleiner Hiwi im Maschinenraum.

Beni wird ärgerlich.

»Wat redste da für ne Kacke? Pass uff: er schmeißt dich raus, when you tell shit about him!«

Der alte Mann schüttelt verwundert den Kopf. Der Junge glaubt tatsächlich, sein Bruder stehe auf der Brücke der 'Queen'. Er dreht das Foto um, zeigt auf den kleinen Stempelaufdruck 'Giuseppes Sailer Fotos, Livorno'. Morgen sei Giuseppe mit seinen Uniformen wieder da. Dann könne Beni von sich ein Foto als Kapitän machen lassen. Das sei noch besser als Erster Offizier, lacht er.

Beni verstummt. Noch war er drauf und dran, dem Wachmann durch das Gitter mal kurz die Fresse zu polieren (bis der das Tor aufgesperrt und den Hund von der Leine gelassen hätte, wäre Beni schon über alle Berge gewesen), jetzt zerrt er dem Mann die Fotokarte aus der Hand, zerreißt sie in Fetzen und trampelt wie Rumpelstilzchen, spuckend vor Wut, auf den Schnipseln herum.

»Du Drecksack, du Arschloch, du miese Ratte …«

Dem Hund scheint die Wortwahl nicht zu gefallen, er fängt wieder an zu kläffen.

»Vieni, Blondi! Andiamo!«, befiehlt der Wachmann. Der Hund mault noch ein bisschen nach, dann setzen die beiden Senioren ihren Kontrollgang fort.

Beni, nur noch ein Häufchen Elend, hockt sich heulend am Gittertor auf den Boden.

Nemesis

Schweigend fahren Emanuel und seine Mutter auf einer gewundenen Landstraße durch die toskanischen Hügel. Das Orange der tiefstehenden Sonne taucht die Landschaft mit ihren dunklen Pinien, gelb-braunen Feldern und rotbelaubten Weinbergen in ein verwunschenes Licht. Eine Schafherde quert die Straße. Emanuel bremst und bleibt stehen. Frau Rehrl lächelt. Das Blöken und Scharren der Tiere lässt sie für ein paar Minuten das Unausgesprochene vergessen, das haushoch zwischen ihr und dem Sohn steht.

Um seine hartnäckige Fragerei zu beenden, hat sie erzählt, nach dem ganzen Ärger wolle sie sich ein paar Tage bei einem alten Geschäftsfreund in der Toskana erholen. Ausreden und Halbwahrheiten. Wird sie Emanuel je die Wahrheit erzählen? Wo sie auch hindenkt, nur Fragezeichen und Lügen. Weder weiß sie, ob Francesco nach Jahrzehnten immer noch hier in einem der Dörfer lebt. Oder ob sie das Zippo irgendwo auf einen Grabstein legen muss. So oder so - sie hofft, die regionalen Weinbaubehörden können ihr bei der Suche weiterhelfen.

Nach der Diskussion mit Doro hatte Emanuel noch weniger Lust, nach München zurückzufahren. Seiner Mutter hat er gesagt, er habe eine SMS bekommen. Die Proben seien wegen Erkrankung des Regisseurs für die nächsten Tage gecancelt. So könne er genauso gut über Orvieto nach München zurückfahren. Frau Rehrl, die es als Spediteurin mit Wegen und Umwegen genau nimmt, hat ihm zwar vorgerechnet, dass das mindestens 300 km weiter sei. Aber erschöpft von der spätsommerlichen Hitze, der Enttäuschung und den anhaltenden Schmerzen in ihrer Hüfte ist sie jetzt doch froh, die umständliche Bahnfahrt vermieden zu haben.

„Völker, hört die Signale …" erschallt Emanuels Handy-rufton und schreckt Frau Rehrl aus ihren Gedanken hoch. Emanuel findet das Telefon erst, nachdem der NVA-Solda-tenchor fast am Ende der Strophe angelangt ist. Die Interna-tionale als Klingelton, denkt Frau Rehrl. Peinlich. Wahr-scheinlich hängt das Che-Guevara-Poster auch immer noch über seinem Bett. Wann wird er endlich erwachsen?

Emanuel telefoniert recht einsilbig: »Ja, sicher … Nein, nicht … immer noch in Italien … Nein, ist alles okay, aber der Anlasser hat gestreikt … nein, heute bestimmt nicht mehr … Wenn ich überhaupt eine Werkstatt finde … Jetzt schrei doch nicht so, es ist doch sowieso gelaufen … Doro, hallo? Bist du noch da? Hallo! Hallo?«

Er beendet das Gespräch.

»Scheißnetz.«

»Was ist mit dem Anlasser?«, fragt Frau Rehrl.

»Heute Morgen wäre die Karre fast nicht mehr ange-sprungen.«

»Davon hob i aber nix gmerkt.«

»Weil du noch in deinem warmen Himmelbett lagst. Aber keine Sorge. Bis Orvieto kommen wir schon noch.«

»Hätt'st was Gscheits glernt, dann könn'st dir auch a gscheits Auto leisten.«

»Lieber eine Schrottkiste als vierzig Jahre lang in den gleichen Sessel furzen. Aber das nächste Mal können wir ja deinen Jaguar nehmen, falls der bis dahin nicht versteigert ist.«

Frau Rehrl blickt wieder hinaus in die orange getünchte Landschaft. Bald wird es dämmern.

»War des die' Freundin?«, schneidet sie nach einer Weile ein neues Thema an.

Amüsiert blickt Emanuel zur Mutter.

»Wer?«

»Die vorhin, am Telefon. Doro hieß sie?«

»Eine Kollegin vom Theater.«

»Hast' denn überhaupts a Freundin?«, bohrt sie weiter.

»Warum nur eine?«, weicht Emanuel aus.

»Eigentlich woaß i nix. Wias d' lebst, was du tust, gar nix«, bemerkt Frau Rehrl bitter.

»Seit wann interessiert dich das?«

Frau Rehrl wird sauer.

»Ja freilich interessiert mi des! Aber i komm ja scho lang nimmer an di ran. Scho in der Realschul bist d' wos Besseres gwen als dei Mutter. Hirnverbrannt, hast gsagt, wär des, wenn i Tag und Nacht schufte. Und jetzt? Schau di an, was aus dir g'worden ist! Dabei hast ois g'habt!«

Emanuel lacht sarkastisch.

»Klar! Das schönste Dreirad, die höchste Rutsche, die angesagtesten Klamotten, die heißesten Kindermädchen und die erfolgreichste Mutter.«

»Und was glaubst', für wen i mi so plagt hab?«

»Für die Firma natürlich.«

»Na – für di!«

»Lüg dir doch nicht dauernd in die Tasche!«

»Nix hab i mir 'gönnt.«

Die alte Leier. Emanuel greift in seine Jackentasche und wirft ihr ein Foto hin.

Sie nimmt es und erstarrt.

»Wo hast du des her?«, faucht sie.

»Es lag am Boden in deinem Büro.«

Sie zittert vor Empörung. Es ist das Foto, das sie als junge Frau Arm in Arm mit Francesco vor dem Hotel Raffaele zeigt.

»Ein für alle Mal: In meinem Büro hast du nichts verloren!«

Emanuel hupt einen Hund zur Seite, der mitten auf der Straße läuft.

»War Vater schon krank, als du diese Affäre hattest?«

»Das ist ungeheuerlich!«

Emanuel schaltet runter und fährt langsam hinter einem Traktor her, bis er überholen kann. Dabei sinniert er laut weiter:

»Wieso eigentlich nicht? Kann man doch verstehen. Du warst noch jung und hast hart gearbeitet und wolltest auch was haben vom Leben. Hat Vater eigentlich davon gewusst?«

Mit hochrotem Kopf schreit Frau Rehrl:

»Halt an! Lass mi naus! I steig aus!«

Emanuel überhört es.

»... Oder hast du ihn schonen müssen? In seinem Zustand musste man sich schon überlegen, was man ihm noch zumuten konnte.«

»Stopp! Sofort!«

»Aber warum bist du nicht einfach bei deinem Lover geblieben?«

Vergeblich rüttelt Frau Rehrl an der Tür, übersieht, dass der Sperrknopf gedrückt ist.

»Ach so,« fällt Emanuel ein, »da war ja auch noch die Firma. Die konntest du ja nicht einfach im Stich lassen. Es war ja auch deine. Und als er tot war, gehörte der Laden ganz dir.«

Frau Rehrl explodiert. Das Gesicht zur wutschnaubenden Fratze verzerrt, schlägt sie Emanuel mit dem Handrücken voll ins Gesicht.

Emanuel macht eine Vollbremsung und bleibt mitten auf der Fahrbahn stehen. Blut tropft aus seiner Nase. Schweratmend und bleich vor Zorn zischt er sie an:

»Bring dich um oder auch nicht. Aber verschwinde endlich aus meinem Leben, du Monster!«

Er reißt die Fahrertür auf und steigt aus dem Wagen. Ein gellendes Hupen von hinten, Bremsen quietschen, der rechte Kotflügel eines vorbeirasenden Autos schleudert Emanuel mit einem hässlichen dumpfen Schlag auf den Asphalt, der andere Wagen rutscht mit blockierten Rädern knapp am aufschlagenden Körper vorbei in den Straßengraben.

Sekundenlange Stille, dann ein Mark erschütternder Schrei: »EMANUEL.«

Entferntes Klappern und italienische Stimmen hallen durch den langen, kahlen Gang. Eine Türe fällt krachend ins Schloss, dann summt nur noch ein Getränkeautomat in der lähmenden Stille. Seit Stunden sitzt Frau Rehrl vor der Notaufnahme auf einem harten Plastikstuhl, der ihre Hüfte malträtiert, so dass sie nicht mehr weiß, wie sie noch sitzen soll. Ihre Stimmung schwankt zwischen verzweifelter Hoffnung und panischer Erwartung des Schlimmsten. In Zeitlupe läuft immer wieder die Szene in ihrem Kopf ab: Emanuel, der auf dem Asphalt aufschlägt, nach einer schlaffen Drehung reglos auf dem Gesicht liegen bleibt, die Blutlache unter seinem Kopf schnell größer und größer wird. Als sie die Tortur nicht länger aushält, stemmt sie sich zum wiederholten Mal auf die Füße und klopft an die erleuchtete Milchglasscheibe mit der Aufschrift: INGRESSO VIETATO. Schritte nähern sich. Eine Krankenschwester in Nonnentracht öffnet einen

175

Spalt weit die Türe und sagt bedauernd, der Dottore warte noch immer auf einen Befund. Nein, sie könne nicht sagen, wie es ihrem Sohn gehe, aber der Arzt werde bald kommen.

»Si sieda, per favore.«

Frau Rehrl stellt sich neben den Getränkeautomaten und atmet die Kühle der Nacht ein, die durch das offene Fenster strömt. Am Himmel sind Wolken aufgezogen, nur noch ein paar schwache Sterne blinken am Firmament. Auf einer entfernten Straße flammen lautlos Autoscheinwerfer auf und verglimmen wieder, wie Glühwürmchen auf Partnersuche. Ein Abglanz am dunstigen Horizont deutet auf eine größere Stadt hin. Vielleicht Orvieto, das Ziel ihrer aberwitzigen Reise? Sie hat keine Ahnung, wo sie sind. Der Schock hat ihre Orientierung gelöscht. Wieder ergreift sie Panik. Emanuels Fragen kurz vor dem Unfall - hat sie mit ihrem Schweigen die letzte Chance vertan, ihm endlich die Wahrheit zu sagen? Ein kalter Hauch streift ihre Schulter. Nein, Emanuel, du bist nicht tot. Das kannst du mir nicht auch noch antun. Frau Rehrl erstarrt, als ihr der Gedanke durch den Kopf fährt. Dann schämt sie sich. Ist sie tatsächlich ein Monster?

Es wird kalt. Sie schließt das Fenster.

»Buona sera, Signora Rehrl!«

Hinter ihr hat sich unbemerkt ein junger Arzt genähert und betrachtet sie besorgt durch seine Nickelbrille.

»Come sta mio figlio? Wie geht es meinem Sohn?«, entfährt es ihr, ohne seinen Gruß zu erwidern.

Er lächelt.

»Non si preoccupiti, Signora«, sie könne unbesorgt sein. Er habe einen Schutzengel gehabt: Prellungen, Schürfungen, Blutergüsse, eine Platzwunde am Kopf, eine gebrochene Rippe und eine kleine Gehirnerschütterung. Andrà tutto bene. Alles werde wieder gut. Morgen oder übermorgen könne er ihn wieder entlassen.

Frau Rehrl atmet sichtlich auf.

»Grazie mille, dottore!«

Der Arzt sieht sie mitfühlend an.

»Di niente, Signora.« Es tue ihm nur leid, dass es so lange gedauert habe. Aber sie seien ein kleines Ospedale. Für die Röntgenaufnahme mussten sie erst die Assistentin, die schon Feierabend hatte, aus dem Bett holen. »Scusi.«

Er bemerkt ihre Krücken und fragt, ob es ihr gut gehe, was mit ihrem Bein los sei.

Frau Rehrl hat die Quälerei auf dem Plastikstuhl vor lauter Erleichterung schon fast vergessen. Ein Sturz, schon vor Wochen, aber so etwas könne lange dauern in ihrem Alter.

Der Arzt nickt.

»E vero, Signora!« Aber jetzt wolle sie bestimmt zu ihrem Sohn. »Andiamo!«

Bleich und mit geschlossenen Augen liegt Emanuel in den Kissen. Seine Blässe wird noch betont durch eine großflächige Schürfwunde auf der rechten Gesichtshälfte, die mit rotbrauner Jodtinktur desinfiziert wurde. Der Kopf ist bandagiert, vom Tropf einer Infusionsflasche führt ein Schlauch zum Zugang in der Armbeuge.

Der Arzt stellt Frau Rehrl einen Stuhl neben das Bett und flüstert, sie solle nicht sprechen, er brauche Ruhe. Auf dem Weg zur Tür dreht er sich nochmals um und deutet mit den ausgestreckten Fingern einer Hand die Zahl Fünf an: „Cinque minuti!"

Mit zusammengebissenen Lippen sitzt Frau Rehrl am Bett ihres Sohnes. Nur langsam löst sich der ungeheure Druck in ihrer Brust auf. Emanuels schlafendes Gesicht, das trotz der Schrammen einen tiefen Frieden ausstrahlt, weckt in ihr längst verschüttete Erinnerungen an das Baby, das nach dem Stillen selig schlummernd in ihrem Arm lag. Von

Glück überwältigt beugt sie sich zu Emanuels Hand, die am Infusionsschlauch auf der Bettdecke liegt und küsst sie. Tränen schießen ihr in die Augen, als sie seine heiße Haut an ihren Lippen spürt. Emanuel wird unruhig, zuckt mit den Augenlidern, stöhnt leise. Erschrocken fährt sie zurück, blickt um sich, wieder ganz die kontrollierte Chefin, um sich zu vergewissern, dass niemand sie beobachtet. Im Nebenbett schnarcht leise ein älterer Patient, ein drittes Bett ist leer. Sie schnäuzt sich die Nase, holt einen kleinen Notizblock aus der Handtasche und schreibt:

„Gott sei Dank wird es dir bald besser gehen.

Es tut mir leid. Nicht nur der Unfall. Ich muss dir einiges erklären. Ich melde mich.

Deine Mutter"

Sie legt den Zettel auf den Nachttisch, streichelt nochmals seine Hand und geht.

Francesco

Eine Gruppe schreiender Kinder jagt einem Ball nach und rennt dabei fast Frau Rehrl über den Haufen, die auf den Krücken über die Piazza stapft. Vor der Trattoria stehen ein paar Tische auf der Straße, an denen alte Männer mit Würfeln spielen, lautstark den Lauf der Dinge debattieren und hin und wieder an ihren Weingläsern nippen. Frau Rehrl bleibt stehen und hält Ausschau nach einem freien Platz. Außer an einem Tisch in der prallen Sonne, an dem ein einzelner Mann mit geschlossenen Augen den Altweibersommer genießt, sind kaum noch Stühle frei. Der Wirt eilt herbei und fordert sie auf, an diesem Tisch Platz zu nehmen. Sie bestellt einen Weißwein.

In dem Dorf, so hatte sie in Orvieto erfahren, bewirtschafte Francescos Familie seit Generationen ein Weingut. Die Suche, die sie aus einer sentimentalen Laune heraus begonnen hatte, droht jetzt peinlich zu werden. Skrupel beschleichen sie. Wahrscheinlich ist er inzwischen der Chef des Weingutes, hat möglicherweise Frau und Kinder, Glatze und Bauch. Wie reagiert so einer, wenn eine Jugendliebe plötzlich als alte Frau auftaucht? Falls er sich überhaupt noch erinnert. Was soll sie ihm sagen? Die 'Wahrheit'? Die geht nur sie etwas an. Es sind *ihre* Lügen, *ihre* falschen Versprechen, was sie seit Jahrzehnten zu rechtfertigen oder wenigstens zu verdrängen versucht. Trotzdem muss sie Francesco sehen, um sich sicher zu sein, bei dem, was sie vorhat. Ihm gegenüber will sie den plausiblen Schein wahren. Zum Beispiel, dass eine Urlaubsreise sie zufällig in seine Nähe ge-

179

führt habe, nachdem ihr sein Zippo zufällig beim Aufräumen in die Hände gefallen sei, und sie es ihm – welch lustige Pointe! – wie versprochen zurückbringe. Für ihn sind das gewiss Tempi passati, man erinnert sich amüsiert mit der Verflossenen bei einem Glas Wein. Oder es wird eben doch die Stunde der Wahrheit. Beide Optionen sind offen.

Der Wirt bringt Frau Rehrl das Glas Weißwein und beginnt einen freundlichen Schwatz über das Wetter, als der stumme Sonnenanbeter am Tisch unruhig wird. Mit verzerrtem Gesicht lallt er Unverständliches, versucht sich an der Tischplatte hochzuziehen. Der Wirt drückt ihn auf den Stuhl zurück, beruhigt ihn lachend. Alles klar, kein Problem, ganz ruhig, Francesco. In einer halben Stunde werde er abgeholt, sagt er im Weggehen.

Wie versteinert, mit aufgerissenen Augen starrt Frau Rehrl auf den Mann, der mit seinem gelähmten Arm versucht, das Wasserglas zu ergreifen, das vor ihm auf dem Tisch steht.

Ihr erster Impuls ist Flucht. Sofort weg hier! Dann reißt sie sich zusammen. Sie reicht ihm das Glas. Er trinkt gierig.

»Francesco ... ich bin's ...«, sagt sie leise.

Francesco setzt das Glas ab und rülpst.

»Angelina ... erinnerst du dich?«

Er reagiert nicht, greift wieder zum Glas.

Die älteren Herren am benachbarten Tisch sind verstummt, mustern die beiden erstaunt.

Ein Mann mit Schiebermütze steht auf und kommt zu Frau Rehrl rüber.

»Buona sera, Signora.«

Er tippt mit zwei Fingern an den Mützenrand.

Frau Rehrl nickt abwesend, ihre Augen fixieren weiter Francesco.

»Sind Sie Deutsche?«, fragt der Italiener auf Deutsch.

Frau Rehrl reagiert nicht. Der Mann mit Hut lässt sich nicht beirren.

Er schätze die Deutschen, fährt er fort, er habe mal in Deutschland gearbeitet. In Olpe. Ob sie wisse, wo Olpe liegt? Frau Rehrl ignoriert den Schwätzer.

»Verstehst du mich, Francesco?«, flüstert sie und legt ihre Hand auf seinen Arm.

Der Mann mit Hut ist immer noch da. Er schüttelt den Kopf.

»No, Signora! Francesco kann Sie hören, aber nicht verstehen. Er kapiert nix. Sein Kopf, verstehen Sie? Plemplem. Vor zwei Jahren ist seine Frau gestorben. Darauf ist es ihm schlecht ergangen. Un colpo. Ein schwerer Schlaganfall.«

Francesco starrt mit gläsernen Augen ins Leere. Der Mann klopft ihm auf die Schulter.

»Aber hier geht's ihm gut, unserem Francesco. Jeden Tag kommt er auf die Piazza, sitzt an der Sonne, zusammen mit seinen Freunden, trinkt einen Wein, und auch wenn er nichts sagt – alte Schwätzer haben wir hier genug!«

Bei der letzten Bemerkung weist er lachend auf seine Freunde am Nebentisch. Die ahnen, dass sein Spaß wohl auf ihre Kosten gegangen ist. Einer ruft auf Italienisch:

»Hey Antonio, was für einen Blödsinn erzählst du der Dame?«

Der Mann übersetzt bereitwillig auf Italienisch, was er gesagt hat:

»Dass ihr ein Haufen alter Schwätzer seid!«

Zu Frau Rehrl gewandt fährt er fort:

»È vero! Was tun die hier? Reden, reden, reden! Immer wieder die gleichen alten Geschichten.«

Die Gruppe protestiert lauthals. Francesco verzieht den Mund.

»Ecco! Sehen Sie: Da muss sogar Francesco lachen. Sprechen Sie mit ihm, auch wenn er nix kapiert, er freut sich trotzdem.«

Er kehrt an den Tisch seiner Freunde zurück, die ein erregtes Palaver anstimmen.

Angestrengt betrachtet Francesco die fremde Frau. Sie lächelt. Er zieht die Augenbrauen zusammen und versucht, aus den tiefen Schächten seines Gehirns eine Erinnerung zu fördern. Sie holt das Zippo aus ihrer Tasche und legt es ihm auf die Hand. Erschrocken zuckt er zurück, sie berührt beruhigend seinen Arm.

»Dein Zippo, Francesco ...«, flüstert sie.

Er betrachtet das Benzinfeuerzeug wie ein seltsames Insekt, das jeden Moment zustechen könnte.

»Ich sollte es dir zurückbringen.«

Francesco rollt die Augen, schließt die Faust um das Zippo. Er will etwas sagen, bringt aber nur unverständliche Laute heraus. Frau Rehrl wischt sich verstohlen eine Träne vom Gesicht.

Er umschließt das Feuerzeug mit der Faust und lässt die Hand sinken. Stumm, mit geschlossenen Augen, sitzen sie nebeneinander in den letzten Strahlen der Sonne, wie ein altes Paar, das abgeklärt das nahende Ende erwartet.

Schwungvoll biegt ein kleiner Fiat auf die Piazza ein und kommt vor den Tischen zum Stehen. Eine hübsche Frau, Mitte dreißig, in Jeans und Pullover, springt aus dem Fahrzeug. Der Tisch der Alten, wo die Diskussionen inzwischen verebbt sind, nimmt es dankbar auf.

»Ciao, Angelina«, ruft Antonio als Sprachrohr der Gruppe, »du wirst ja jeden Tag knackiger!«

»Und du jeden Tag unverschämter, Antonio«, pariert die junge Frau locker und erntet ein paar Lacher und weitere Sprüche der Alten.

Frau Rehrl, die beim Namen 'Angelina' leicht zusammengezuckt ist, zieht diskret ihre Hand unter dem Tisch zurück. Die junge Frau begrüßt sie mit einem freundlichen Nicken und wendet sich Francesco zu.

»Tutto bene?«, fragt sie und hilft ihm auf die Füße. Dabei bemerkt sie das Sturmfeuerzeug in seiner Hand. Sie nimmt es ihm weg und legt es Frau Rehrl auf den Tisch. Francesco gibt ein protestierendes Schnorcheln von sich.

»Scusi, Signora«, schmunzelt Angelina, aber ihr Vater lasse alles mitlaufen, was nicht niet- und nagelfest sei.

Frau Rehrl schüttelt den Kopf: Nein, nein, das Feuerzeug gehöre ihm, will sie sagen, doch die beiden sind unter dem Hallo der Alten schon unterwegs zum Auto. Fürsorglich stützt Angelina ihren Vater, der mit tapsigen Trippelschritten zum Auto schlurft, und sich behutsam auf den Beifahrersitz hieven lässt.

»A domani, ragazzi,« ruft Angelina noch aus dem offenen Seitenfenster in die Runde und verschwindet hupend hinter der Kirche.

Fassungslos starrt Frau Rehrl dem entschwindenden Auto nach. Unter ihren Füßen schwankt der Boden. Der Dorfplatz verschwimmt hinter einem Tränenschleier.

Auf einem großen Tablett sammelt der Wirt die leeren Gläser und trägt sie ins Haus. Frau Rehrl sitzt als Letzte am Platz, der inzwischen im tiefen Schatten liegt. Fröstelnd knöpft sie sich die Jacke zu. Die Alten vom Nebentisch sind schon vor einer Weile gegangen. Antonio, der Herr mit Hut, hat zum Abschied nochmals zwei Finger an den Mützenrand gelegt und „Tschüss" gesagt.

Sie rappelt sich auf, reckt ihre steifen Gelenke. Die Hüfte schmerzt, aber schon deutlich weniger als die Tage zuvor.

Sie steckt das Zippo ein, das noch immer auf dem Tisch liegt.

In einer Seitenstraße steht das Taxi, mit dem sie gekommen war. Sie drückt zwei, drei Mal durch das offenstehende Fahrerfenster die Hupe, dann setzt sie sich in den Fond. Nach einer Weile erscheint der Fahrer, tritt seine Zigarette aus, klemmt sich hinter das Lenkrad.

»Alla stazione, per favore«, sagt Frau Rehrl.

Zum Bahnhof.

Beni, Baal und ein Brief

Ein kleiner italienischer Dreiradtransporter stoppt auf der Bankette am Rand eines Zwiebelfeldes. Auf der Ladefläche, zwischen aufgestapelten leeren Gemüsekartons, döst Beni, denn es ist noch früh am Morgen, bestimmt noch nicht mal acht, und geschlafen hat er seit Livorno kaum.

»Termine!«, sagt der Bauer, »Ende der Fahrt!« Er gibt Beni einen Schubs und beginnt, mit seiner Frau die Kartons abzuladen. Beni reibt sich die Augen.

»Termine!«, wiederholt der Bauer. Beni schultert seine Umhängetasche und hüpft auf die Straße.

»Sach mal – fährste nich nach Ofieto?«

»Orvieto? Di là! Di là!«, deutet der Bauer auf ein paar Pinien, hinter denen die Straße verschwindet, dann folgt er seiner Frau auf das Zwiebelfeld.

Beni stellt sich an den Straßenrand und wartet. Ein Traktor mit Anhänger nähert sich, biegt auf einen Feldweg ab. Beni lässt den hochgereckten Daumen wieder sinken. Nach einer längeren Pause kommt ein Mofa, dann folgen auf Fahrrädern zwei Afrikaner, wahrscheinlich auf der Suche nach Schwarzarbeit. Und schließlich passiert gar nichts mehr. Voll die Arschkarte hier, ärgert sich Beni. Seit Frank ihn verraten hat, geht es bergab. In Livorno hatte er sich in einer Hafenbar volllaufen lassen, doch statt wie sonst diskret zu verschwinden, wenn ihm das Kleingeld für die Zeche fehlte, prügelte er sich mit dem Wirt. Die Nacht verbrachte er in einer Arrestzelle der Polizei. Diese riet ihm am nächsten Morgen dringend, aus Livorno zu verschwinden, bevor man es sich anders überlege. Aber wohin? Außer seinem Bruder, diesem Gauner, kennt er niemanden hier. Oder doch? Frau Rehrl! Er könnte ihr ja theoretisch den Huni, den er ihr schuldet, zurückbringen, nachdem sie sich in Livorno verpasst hatten. Er erinnert sich, dass sie in Ofieto, oder so ähnlich, Urlaub machen wollte. Über Florenz, Pisa müsse er trampen, sagte man ihm, aber 250 Kilometer seien es bestimmt. Er hatte sich also vor die Mautstelle an der Autobahneinfahrt gestellt, was nicht schlecht war, weil die meisten dort anhalten müssen. Aber nach wenigen Minuten tauchten die Carabinieri auf und vertrieben ihn auf die Landstraße. Das war vor anderthalb Tagen. Keine 150 Kilometer weiter ist er inzwischen gekommen, und gründlich verfranzt hat er sich auch ein paar Mal.

Als Nächstes rauscht ein Lastzug heran. Beni tritt zur Bekräftigung seines Anliegens mit erhobenem Daumen einen Schritt auf die Fahrbahn und wird vom Luftdruck des knapp vorbeiziehenden Lasters fast in den Graben geworfen. Für den Stein, den er dem Idioten nachschmeißt, ist der leider schon zu weit weg.

Wieder kehrt Stille ein, abgesehen von dem penetranten Zirpen der Zikaden und dem Klappern der buckelnden Zwiebelpflücker auf dem Feld. Die Sonne brennt. Missmutig setzt sich Beni in den Schatten des Dreirads. Plötzlich kommt ihm eine Idee. Der Zündschlüssel steckt tatsächlich! Ein Blick auf das Feld – keiner ahnt etwas Böses. Die Kiste springt sofort an, nach zwei, drei knirschenden Versuchen findet Beni auch den ersten Gang, lässt das Motörchen aufjaulen und holpert in einer Staubwolke von der Bankette auf die Straße und fort. Der Bauer erhebt sich aus den verdorrten Stauden und wischt sich den Schweiß von der Stirn. Dann fällt ihm vor Schreck die Kinnlade herunter: Das Ape, das da gerade zwischen den Pinien verschwindet, ist seins!

Der Dottore hat Emanuel bei der Entlassung ermahnt, es langsam angehen zu lassen, ein paar Tage Erholung einzuplanen, bevor er sich wieder ans Lenkrad setze. Nicht nur wegen der angeschlagenen Kondition: Mit einem dicken Pflaster an der Schläfe und den noch nicht verheilten, von Purpur bis Violett leuchtenden Wundmalen im bleichen Gesicht, sieht er aus wie Frankensteins Monster. Doch seine Kopfschmerzen sind fast weg, er fühlt sich federleicht, befreit von einer tonnenschweren Last. Der Zettel seiner Mutter auf dem Nachttisch, die Botschaft in ihrer früheren, souveränen und sachlichen Art, hat dem vorangegangenen Drama den Stachel genommen. Auch wenn zwischen ihnen nichts geklärt ist, wenn er keine Ahnung hat, wo sie sich aufhält, was sie vorhat - sie wird sich nichts antun. Er fühlt sich beschwingt, bricht sofort auf nach München, um sein Leben mit neuem Elan in die Hand zu nehmen.

Vergeblich hat er versucht, Doro zu erreichen. Wahrscheinlich ist sie Tag und Nacht bei den Proben zu BAAL. Bald ist Premiere, die Um- respektive Fehlbesetzung der Hauptrolle wird die Sache auch nicht einfacher machen. Natürlich würde er Doro den Erfolg gönnen, auch wenn er Erich als Ersatz-Baal einen riesigen Flopp und ein paar bissige Verrisse wünscht. Hoffentlich hat Doro nicht vergessen, dem Kater hin und wieder ein paar Streicheleinheiten zu geben. Carlo ist nachtragend: Mangelnde Zuwendung kann er einem tagelang übelnehmen.

Während Emanuel relaxed auf der wenig befahrenen Straße Richtung Florenz gondelt, bemerkt er einen Jungen, der auf der anderen Straßenseite den Daumen hebt. Erst als er fast an ihm vorbei ist, erkennt er Beni. Er stoppt und hupt.

Beni winkt ab, da er ja in die andere Richtung will. Auf den zweiten Blick erkennt er jedoch Emanuels Volvo und setzt sich in Trab.

»Hey Mann! Det jibt es nich!«, brüllt er schon von weitem. Er beugt sich durch das heruntergekurbelte Seitenfenster. Auch Beni trägt ein paar Schrammen am Kopf. Sie scheinen neueren Datums zu sein.

»Wo willst du hin?«, fragt Emanuel.

Beni betrachtet grinsend Emanuels ramponiertes Gesicht.

»Wat denn? Ist dir wat uff en Kopp jefallen?«

»Ja. Ein Blumentopf. Und dir?«

Beide lachen.

»Ich dachte, du fährst jetzt zur See?«

Beni winkt ab.

»Nee. Die wollten mir nich, ick kann nich schwimmen.«

Emanuel sieht ihn ungläubig an.

»Und jetzt? Wo willst du hin?«

»Wees nich. Nach Ofieto. Deiner Mom det Jeld bringen.«

»Das glaubst du doch selber nicht!«

Beni reagiert empört.

»Wat denn! Auf mir ist Verlass, du Krötenficker. Hundertpro!«

»Seit wann?«, lacht Emanuel.

»Und du. Wo fährste hin?«, stellt Beni die Gegenfrage.

»Nach München.«

»Kannste mir ja mitnehmen!«, sagt Beni und steigt ein.

»Ich dachte, du willst in Orvieto deine Schulden begleichen?«

»Den Huni kann ick och *dir* jeben. Det ist einfacher.«

Emanuel zögert.

»Aber nerv mich nicht. Ich hatte einen Unfall und soll mich nicht aufregen.«

»Siehste! Icke och!«

Emanuel fährt weiter. Beni hält es für schlauer, vorerst die Gosche zu halten. Aber schon nach wenigen Kilometern gibt es ein Gesprächsthema. In einer scharfen Kurve sperren Carabinieri die Straße halbseitig, ein Unfall. Mit einer Seilwinde zieht ein Abschlepper ein umgestürztes Ape-Transportdreirad aus dem Straßengraben. Emanuel grinst:

»Da war wieder mal ein Könner unterwegs.«

Beni reagiert sauer.

»Wat heest hier Könner! Dass so en Scheißteil in der Kurve kippt, is doch klar. Det is Physike!«

»Ich bin schon mit zwei Jahren Dreirad gefahren, aber gekippt bin ich nie«, sagt Emanuel.

»Klar! Weil du schon immer ein Klugscheißer warst.«

Emanuel lacht und gibt nach der Unfallstelle wieder Gas.

Ob Beni gleich nach Berlin weitertrampen werde? Aber den zieht es offenbar nicht in seine Heimat. In München habe er einen guten Kumpel, der ein Motoradgeschäft betreibe. Der sei ihm noch einen Gefallen schuldig. Wie auch immer, denkt sich Emanuel, solange er nicht vorhat, sich bei mir einzunisten. Kaum gedacht, schlägt Beni vor, er könne ja mal vorbeigucken, wenn er im Theater diesen geilen Sänger spiele, von dem er erzählt habe.

»Den Baal?«, fragt Emanuel etwas kurz angebunden. »Den spiele ich nicht mehr.«

»Wat jetz?«

»Wegen Mutter war ich zu lange weg – der Regisseur hat umbesetzt.«

»Warum rufste nich an, dass du heut' Abend wieder da bist?«

»Vergiss es. Es ist gelaufen.«

189

»Sowat lässte dir jefallen? Da brauchste dir och nich wundern, wenn deine Mom dir für'n Loser hält!«

Treffer. Emanuel versucht, locker zu bleiben.

»Red keinen Bullshit, Piefke, du hast doch von Theater keine Ahnung!«

»Det hat nischt mit Theater zu tun, det hat mit dir zu tun! Wenn du nich an dich globst, biste ne Lusche und bleibst ne Lusche.«

Emanuel hält abrupt am Straßenrand.

»Das war's dann.«

»Wat?«

»Und tschüss.«

Beni ist ehrlich empört.

»Wat denn! Hab ick irjendwat falsch jemacht?«

»Ja. Du nervst.«

»Jetzt nich im Ernst!«

»Doch, im Ernst. Steig aus.«

Beni kramt seine Tasche zusammen und steigt aus. Wie immer, wenn er etwas versiebt hat, versucht er, die Sache im letzten Moment doch noch gerade zu biegen. Auf die offene Beifahrertür gestützt, fängt er an zu schwadronieren.

»Icke komm alleene nach München, keen Problem. Aber denk och an dir! Noch biste nich jesund, und ick hätte dir abjelöst beim Fahren.«

»Mach die Türe zu und schieb ab!«, schreit Emanuel.

Beni lässt sich nicht aus dem Konzept bringen.

»Ick sach nur: Uff deene Jesundheit kannste nie jenug ...«

Emanuel rastet aus, gibt einfach Gas. Beni verschwindet, wie von Geisterhand gezogen, hinter der Tür, die krachend ins Schloss fällt.

»Hasta la vista, Baby!«, schreit Emanuel und schaltet das Radio laut. Wie auf Bestellung erschallt „We are the champions ... the champions of the woooorld!" Original von Queen zum Mitgrölen.

Später findet er den Rauswurf nicht mehr so cool. Bis München hätte er den Jungen ja noch mitnehmen können. Nicht weil er ihm das Steuer überlassen wollte. Aber auch als Lusche ist er ja noch lange kein Unmensch.

Kurz vor Modena nähert sich von hinten ein offenes Mercedes Cabrio. Die Fahrerin, eine flotte Mittvierzigerin mit rosa Sonnenschild, das die wehende Blondmähne nur mühsam zusammenhält, muss bremsen, weil Emanuel die Überholspur blockiert. Als sie endlich vorbeiziehen kann, streckt ein Rotzlöffel auf dem Beifahrersitz Emanuel triumphierend den erhobenen Daumen entgegen. Beni! Dann verschwindet die Oberklasse auf der Abbiegespur Richtung Milano. Emanuel grinst. Passt! Die räudigen Kater fallen meistens auf die Pfoten.

Nach insgesamt fast achthundert Kilometern parkt er kurz vor Mitternacht im Halteverbot vor der 'Rampe'. Seine Knie sind weich wie Zuckerwatte, und sein Schädel fühlt sich an wie ein Bienenstock kurz vor dem Ausschwärmen des gesamten Volkes. Er pflügt wie in Trance durch die Rauchenden vor den Bars und Dönerbuden zum Bühneneingang, wo Gott sei Dank noch Licht brennt. Auf der hellerleuchteten Bühne ist die Probe in vollem Gange. Doro, in Dominastiefeln, die langen Haare unter einer roten Baskenmütze, stolziert über die Bühne und spricht Texte, die ihm merkwürdig bekannt vorkommen. Sepp, der eigentlich Baals alten Verleger spielt, wird von Doro dauernd mit „Mutter" angeredet. Lautlos lässt sich Emanuel in der letzten Reihe des dunklen Zuschauerraumes in einen Sessel fallen, wundert sich noch, dass Moni ohne den Regisseur Erich in der zweiten Stuhlreihe vor der Bühne sitzt und Anweisungen gibt. Dann fallen

191

ihm die Augen zu, und der seltsame Wachtraum geht nahtlos in den Tiefschlaf über.

Als er die Augen öffnet, ist Doro an seiner Seite und schüttelt ihn sanft. Hinter der Sessellehne reihen sich die Köpfe der MitspielerInnen mit besorgten Mienen.

»Bin ich eingeschlafen?« fragt Emanuel.

»Hätte ich dich nicht schnarchen gehört, wärst du erst morgen von der Putzfrau entdeckt worden«, antwortet Moni und schaut bedeutsam in die Runde.

»Geht es dir gut?«, fragt Doro. Wie Frauen gerne fragen, wenn es einem schlecht geht.

»Den hat's ganz schön derbröselt«, bemerkt Sepp.

»Sieht schlimmer aus, als es ist«, sagt Emanuel und erhebt sich ächzend aus seiner unbequemen Lage. »Ein kleiner Verkehrsunfall, aber das erzähl ich euch später.«

»So kann er aber die Rolle unmöglich spielen!«, wendet eine Mitspielerin ein.

Moni widerspricht: »Im Gegenteil! So verprügelt, wie er aussieht, passt er doch prima als Opfer häuslicher Gewalt.«

Ein aufgeregtes Diskutieren hebt an. Emanuel versteht Null.

Doro nimmt ihn in den Arm, küsst ihn.

»Ich habe mir solche Sorgen gemacht, warum hast du dich nicht gemeldet?«

»Erst war ich im Krankenhaus, und dann hat der Akku schlapp gemacht. Da bin ich lieber gleich durchgefahren. Was macht ihr hier eigentlich für ein seltsames Heckmeck?«

»Das wollt' ich dir schon vorgestern sagen, aber du warst ja unerreichbar. Wir haben jetzt eine neue Konzeption. Und das Wichtigste: Du hast wieder eine Rolle!«

»Wie denn, was denn? Wo ist Erich überhaupt?«

»Weg. Er hat die Chance gekriegt, an den Kammerspielen für einen erkrankten Regisseur einzuspringen, dagegen sind wir natürlich Peanuts. Daraufhin haben Moni und ich eine neue Konzeption vorgeschlagen: Wir drehen das Geschlecht aller Rollen im Stück um! Das Team war begeistert, und Moni macht jetzt die Regie.«

Erschöpft wie er ist, kann Emanuel nicht ganz folgen.

»Du meinst, ich spiele den Baal jetzt im Blüschen und Rock?«

»Nicht den Baal, den spiele ich, aber du gibst die Johanna. Ohne Blüschen und Rock! Findest du das nicht genial: Durch den Tausch der Geschlechter werden die typisch genderspezifischen Unterdrückungsmechanismen entlarvt, und auch versteckte Frauendiskriminierung kommt zum Vorschein.«

Das muss Emanuel erst mal verdauen.

Die Probe wird beendet, und nach einem Absacker beim Griechen freuen sich Doro und Emanuel auf das Bett.

Zuhause nähert sich Carlo mit freudig erhobenem Schweif und schnurrt los, als Emanuel ihn in den Arm nimmt. Auf dem Tisch erwartet ihn ein Stapel Post, vorwiegend Rechnungen. Ein dickes wattiertes Kuvert aus Italien, das wahrscheinlich von seiner Mutter kommt, macht er gleich auf.

Aus dem Umschlag fischt er ein altes Benzinfeuerzeug und das Foto, mit dem er seine Mutter kurz vor dem Unfall provoziert hatte. Und einen Brief:

Lieber Emanuel,

ich erhole mich auf Capri, wo Hans und ich einst unsere Flitterwochen verbracht hatten. Dr. Ammer kümmert sich inzwischen um die Abwicklung der Firma. Er hofft doch noch auf einen Deal, der mich vor dem totalen Ruin bewahrt. Bis dahin genieße ich den mediterranen Altweibersommer auf Pump.

Unsere heftige Diskussion kurz vor dem Unfall lässt mir keine Ruhe. Emanuel, es wird Zeit, dass du endlich die Wahrheit erfährst.

Der Mann, der neben mir auf dem Foto vor dem Hotel in Verona zu sehen ist, heißt Francesco.

Ja, ich hatte eine kurze Beziehung zu ihm, als Hans bereits sehr krank war.

Nein, ich habe Hans dieses Verhältnis nicht verschwiegen.

Aber ich habe Hans versprechen müssen, dass du nie erfahren wirst, wer dein leiblicher Vater ist. Es war sein letzter Wunsch, dass du als sein Kind sein Lebenswerk fortführen würdest.

Auch Francesco hat nie erfahren, dass er einen Sohn hat.

Auf dieser Reise habe ich ihn gesucht und schließlich auch gefunden; zu spät gefunden. Er hatte vor ein paar Jahren einen schweren Schlaganfall und ist nicht mehr ansprechbar. Es hat mich sehr getroffen.

Emanuel, ich weiß, es ist unentschuldbar, dass ich dir deinen leiblichen Vater über Jahrzehnte verschwiegen habe. Denn diese Lüge hat unsere Beziehung vergiftet.

Ich schicke dir das einzige Foto mit Francesco, das du, nicht wissend, wen es zeigt, vor der Vernichtung gerettet hast. Das alte Benzinfeuerzeug gehörte Francesco und lag Jahrzehnte lang in meinem Schreibtisch. Es ist mit einer besonderen Geschichte verknüpft, die ich dir erzählen möchte, wenn ich wieder zurück bin. Bis bald,

deine Mutter.

194

Danksagung

Durch ihr kreatives Engagement hat meine liebe Frau Elke Zimmer wesentlich zum Gelingen dieses Buches beigetragen.

Auch von Elisabeth Plank, Gisela Grill, Frank Thomas Zimmer, Marc Daniel Meier und Wolfgang Ettlich bekam ich wertvolle Anregungen.

Bei allen möchte ich mich ganz herzlich bedanken!

Hannes Meier

I n h a l t

Vom gleichen Autor ist auch erschienen:

Annas Chronik
und der Krieg der zu kurz Gekommenen
Roman
2016, 300 Seiten
(ISBN 978-3-7418-5746-1)

Singende Menschen
Antworten von Sängern auf 17 Fragen
2018, 264 Seiten. 24,80 €

Das Haus in der Widenmayerstraße
Roman
2017, 296 Seiten. 13,80 €

Das Unbehagen der Sora Elsa
Erzählungen
2016, 214 Seiten, 13,80 €

Ein Tag in Bozen
Vier Erzählungen und Fragmente einer Biographie
2014, 224 Seiten, 13,80 €

Die Katakombenschule
Erzählungen aus Südtirol
2013, 248 Seiten, 11,80 €

Das Schweigen
Roman
2010, 168 Seiten, 16,80 €

BEACHTEN SIE AUCH UNSERE ZWEISPRACHIGEN BÜCHER
DEUTSCH – ITALIENISCH
Internet Shop: www.verlagohnegeld.de

Gedruckt im Mai 2021
BoD, D-22848 Nordstedt